EL MONJE QUE AMABA A LOS GATOS

Título original: Il monaco che amava i gatti
Traducido del italiano por Manuel Manzano Gómez
Diseño de portada: Editorial Sirio, S.A.
Maquetación: Toñi F. Castellón

© de la edición original
2020 Mondadori Libri S.p.A.

Publicado por Mondadori Libro para el sello Sperling & Kupfer

© de la presente edición
EDITORIAL SIRIO, S.A.
C/ Rosa de los Vientos, 64
Pol. Ind. El Viso
29006-Málaga
España

www.editorialsirio.com
sirio@editorialsirio.com

I.S.B.N.: 978-84-19105-49-3
Depósito Legal: MA-1868-2022

Impreso en Imagraf Impresores, S. A.
c/ Nabucco, 14 D - Pol. Alameda
29006 - Málaga

Impreso en España

Puedes seguirnos en Facebook, Twitter, YouTube e Instagram.

CORRADO DEBIASI

EL MONJE QUE AMABA A LOS GATOS

Las Siete Revelaciones

EDITORIAL
SIRIO

A esa Conciencia Suprema que todo lo envuelve,
que no tiene principio ni fin,
donde el tiempo es su pensamiento
y el espacio su respiración,
me abandono y rindo homenaje.

—Tatanji

Índice

Introducción

«Todo sucede siempre en el momento y en el lugar adecuados. Todo sucede cuando estás listo para recibirlo».

Había llegado el momento adecuado, o más bien ha llegado. Escribo sobre algunas experiencias que me sucedieron hace algún tiempo en la India. Experiencias que han llegado a lo más profundo de mi alma. Eventos de los que mi existencia se ha beneficiado. Todo lo que me ha pasado es extraño. Escribo sobre ello como si fuera lo más importante de mi vida. Como si fuera lo único bueno que me ha pasado. Y lo es. Ahora es el momento de difundir y compartir, como es el deseo de mi maestro, para que quien quiera pueda aprender y mejorar. Después de una larga reflexión decidí, en efecto, recoger aquí, en forma de diálogos, los breves pero intensos encuentros que tuve el placer de experimentar con «personas extraordinarias». Seres humanos aparentemente simples, humildes en su naturaleza, pero abismales en su sabiduría.

Lo que he aprendido se lo debo principalmente a un monje llamado, simplemente, Tatanji.

Los lugareños lo conocen como «el monje que ama a los gatos». La palabra *Tatanji* proviene del sánscrito, una lengua indoeuropea muy antigua. Es un nombre abreviado, o quizá un apodo, cuyo significado se acerca a 'el que se expande a través de lo indescriptible'. Hablaré de Tatanji en tiempo pasado, pero en realidad todavía está vivo y continúa con su servicio desinteresado al mundo. Parece joven, a pesar de tener más de ochenta años. Sé que vivió la mayor parte de su vida en una comunidad aislada de monjes en las laderas del Himalaya.

Recuerdo lo que me dijo durante uno de nuestros primeros encuentros: para él era crucial transmitir al mundo parte de las enseñanzas. Y por eso, un día, hace muchos años, decidió dejar el pueblo para vivir en la ciudad. ¿La razón? No estaba de acuerdo en mantener oculto ese conocimiento tan valioso para el avance de la humanidad.

«Estamos en un período de grandes cambios de conciencia que afectan tanto a nivel social como espiritual. Los seres humanos estamos listos para llegar a ser», me dijo el día que lo conocí.

La comunidad en la que vivía es muy antigua y siempre ha estado escondida de todo y de todos. O, en sus propias palabras, «oculta de lo visible».

El pueblo ha permanecido así durante milenios en una zona inaccesible del norte de la India. Sin embargo, su nombre es conocido, las leyendas locales lo transmiten de generación en generación: «El pueblo de los monjes atemporales». Una comunidad aislada de seres elevados que, sin que se noten sus acciones, elevan la vibración de toda la población del planeta. Monjes que han hecho voto de no entrar en contacto con nadie y que, gracias a sus meditaciones y vibraciones, influyen en la esencia sutil de la especie humana y de las no humanas.

En este libro he tratado de ser lo más fiel posible al recordar las conversaciones que tuve con los diversos sabios con los que entré en contacto y que compartieron conmigo algunos de sus conocimientos.

No es una historia de aventuras ni de acción, sino sobre todo de diálogo. Las revelaciones más profundas están escondidas entre sus líneas. Algunos pasajes pueden parecer herméticos a veces, y solo captarán sus mensajes aquellos que estén listos para reconocerlos. Otras narraciones, en cambio, son «simples en el corazón», porque «en el corazón está la salvación», como decía Tatanji. «La verdad siempre se sienta al pie de la simplicidad, oculta por el polvo de la ignorancia», me recordaba a menudo.

Recuerdo que, durante uno de nuestros primeros encuentros, se esmeró en subrayar que «unas pocas palabras de sabiduría bastan para transmitir un conocimiento profundo que eleva nuestra alma». Pero —añado yo— siempre pronunciadas por un maestro «presente en sí mismo» y entendidas por un alumno digno de realizarlas en la práctica. Si no fuera así, quedarían como meros conocimientos intelectuales.

Tatanji me recordaba a menudo que ciertas frases pueden mejorar el destino de una existencia, ya que «el néctar del conocimiento se esconde en lo esencial. El resto es arena al viento, es decir, no sirve para nada. Lo verdaderamente importante se puede transmitir en unos pocos conceptos».

Te preguntarás cómo terminé en la India. El motivo es simple y proviene de una combinación de factores que me impulsaron a marcharme: el cierre de la empresa en la que trabajaba desde hacía unos años y la conclusión de una relación amorosa en el mismo período.

Sin embargo, más allá de estos eventos, se escondía en mí un deseo más profundo: aprender yoga y meditación de maestros indios. Algunas situaciones extrañas, que tendré la oportunidad de contar, me llevaron a emprender este viaje y compartir la compañía diaria de Tatanji por un corto período de tiempo. Además, el destino, si queremos llamarlo así, me ha dado un gran regalo, que se revelará en el transcurso de estas páginas.

Durante el viaje procedí a transcribir cada día y detalladamente las diversas conversaciones con estas personas especiales, dada la importancia y el valor de los contenidos, y para no dejar pasar demasiado tiempo y generar lagunas de memoria.

Incluso hoy, aunque hayan pasado algunos años, recuerdo las numerosas conversaciones que tuve con Tatanji. Palabras grabadas en mi alma como tatuajes imborrables y cuyo significado merece ser guardado como pergaminos sagrados se guardan en las salas de culto: con respeto y veneración.

Desde aquí, expreso un profundo agradecimiento a todas esas almas inmensas, humildes y extraordinarias a quienes debo mi renacimiento. Gracias a ellas, mi destino ha cambiado. Para mejor.

Prefacio

Me embarqué en este viaje para dejar atrás lo que pesaba en mi corazón, y algo más. El día antes de mi partida me sentí «un poco solo». Obviamente estaba emocionado, pero también triste, tanto porque ya no tenía mi trabajo como por el final de la relación con mi pareja.

Revisé varias veces la hora de salida en el billete de avión, la maleta y su contenido. No regresaría en al menos diez días. Durante las semanas anteriores me había dicho a mí mismo que todo estaría bien, que todo saldría bien. Quería creerlo, y lo sentía un poco así. Básicamente estaba ciego, no sabía si encontraría lo que estaba buscando. Sin embargo, estaba seguro de que alguien o algo grandioso me protegería durante mi estancia en la India. Cuando era niño, mi madre me habló de los ángeles que me apoyarían en los momentos difíciles. Mi fe en sus palabras siempre me ha inspirado y estimulado a seguir adelante.

Vivimos en una sociedad donde poco a poco perdemos nuestra apariencia para dar a luz a seres humanos digitales. El sentido de la memoria se está desvaneciendo. Vivimos cabizbajos, con los ojos puestos en los *smartphones*, que, como una lámpara de Aladino, pueden cumplir cualquier deseo. No quería perderme entre la multitud, sino comprender el significado de mi existencia. Quería encontrar esa pequeña llama que brilla en mí en los momentos oscuros.

Había decidido el viaje a Varanasi hacía ya mucho tiempo: ahorré dinero, definí el tiempo que le dedicaría, a dónde ir y a quién me gustaría conocer. Al menos, esa era la intención. Quería aprender yoga clásico, sin lujos, sin excesos occidentales, directamente de un buen maestro local. Era consciente de que en la India, tal vez, mi percepción de la vida —o, mejor dicho, la manera de afrontarla— tomaría otro rumbo gracias a los conocimientos adquiridos. Tenía la esperanza, en mi corazón, de encontrar respuestas a muchas preguntas existenciales para las que no tenía solución. Mi interés, al fin y al cabo, era conocer a una de esas personas que se podrían definir como «sabias», que me ayudara a conocerme mejor y más profundamente.

La motivación nació varios años antes, gracias a un viejo amigo montañero. Era un amante de la escalada y de los picos del Himalaya. En el curso de una expedición había apuntado una dirección. Durante un viaje en solitario a una zona de considerable dificultad de acceso, se había encontrado con un monje errante y se había quedado con él unos días porque las condiciones meteorológicas no le permitían seguir por la ruta predeterminada. Así, había pasado algún tiempo en su pequeña morada entre las cumbres.

Me había dado el itinerario exacto para el *ashram* hacía apenas un mes.

—Toma esta dirección —dijo—, estoy seguro de que te será útil. —Estaba convencido de que la indicación tenía que llegar a mí—. ¿No decías que siempre has querido ir a la India? Es la dirección de un *ashram* en Varanasi.

—¿Y qué debería hacer allí? —pregunté.

—Un *ashram* —repitió—. Un lugar especial donde quizá encuentres personas que puedan darte lo que has estado buscando durante tanto tiempo.

—Sé lo que es un *ashram* —le dije, y concluí que si surgía la oportunidad, ciertamente no me echaría atrás. Ese mundo siempre me ha pertenecido y tenía muchas ganas de vivirlo.

La oportunidad estaba ahí. Las circunstancias de mi partida y mi estancia en la India estaban perfectamente establecidas, casi como si hubieran sido ideadas. Sin obstáculos. Cada evento me llevó a embarcarme fácilmente en este viaje. Visitaría el *ashram*, un lugar de meditación donde uno se busca a sí mismo a través de la ayuda de maestros o expertos; gracias a ellos te diriges hacia un conocimiento más profundo de ti mismo, mediante una práctica constante y sincera.

Cuando llegué a Varanasi, pregunté a los lugareños y al personal del hotel donde me hospedaba dónde podía encontrar la dirección que tenía. Todos me dieron la misma respuesta: «No lo sé».

No me di por vencido.

Durante los días siguientes recorrí calle tras calle, a menudo cansado por el caos de vehículos y gente que veía a mi alrededor. Y seguí buscando, rodeado de aquel molesto estruendo. No estaba acostumbrado a esa realidad.

Vagué sin rumbo fijo y sin ningún progreso durante varios días. Además, no estaba nada bien, me desanimé mucho porque la dirección no parecía existir. Por enésima vez regresé decepcionado al hotel. Y, como las últimas veces, cansado, me dejé caer en la cama y me quedé dormido de inmediato.

Al día siguiente me desperté alrededor de las seis de la mañana, habiendo dormido profundamente toda la noche. Me levanté de la cama y me dirigí al baño para darme una ducha refrescante. Fresco, tomé la estera de yoga, la coloqué en el suelo y comencé algunos ejercicios simples.

Ha sido una constante durante décadas: nada más levantarme, y por la noche antes de cenar, es imprescindible que haga yoga. Y entendí su importancia después de una práctica regular que perduró en el tiempo. Me siento más relajado, más elástico, mi mente está más serena. No empiezo el desayuno o la cena sin antes haber practicado estos asanas, como se llama a estas posturas en yoga.

Ese día me sentí feliz y esperaba con ansias esta experiencia de vida de dos semanas o más. Siempre que fuera posible, ya que encontrar el *ashram* no estaba resultando tan fácil como pensaba. Pero ¿cómo era posible no tener éxito?

Sabía que la vida en su interior era especial, muchas veces llena de deberes que respetar y pruebas. Pero no físicas: con esas, más o menos, puedes lidiar. Eran pruebas mentales, pruebas para derribar tu ego, para hacerte consciente de tu parte más profunda. Seguramente habría momentos difíciles para mis emociones, pero dentro de mí, estaba seguro, este tipo de conflicto me llevaría a enfrentarme a mis demonios ocultos y, tal vez, a convivir con ellos en paz.

Esa mañana, llevado por las enésimas ganas de saber dónde estaba el *ashram*, decidí buscarlo en una de las calles más concurridas de Varanasi. Mis pensamientos se abandonaron al universo.

«Condúceme tú, yo me rindo», pensé. Habría pedido información de todos modos.

Lo que ocurrió entonces me pareció increíble y permanecerá en mi mente para siempre. Mientras caminaba por una calle llena de gente, después de preguntar por la dirección reiteradas veces, comencé a sentirme mareado. Todo a mi alrededor se volvió borroso. Se apoderó de mí un estado de confusión y, después de unos momentos, me desmayé, caí en la oscuridad total.

1

El poder de las palabras

Estaba seguro de que su alma conocía la mía incluso antes de que nuestros ojos se encontraran. No era cuestión de creerlo o no, tenía que ver con sentir: era lo que sentía.

Estaba sentada frente a mí y me observaba en silencio, sin dejar de sonreír. Yo, acostado en la cama, miré sus ojos azules, tan profundos como el océano. Ojos que brillaban con un fuego primordial, en los que pude ver un alma fuerte y pura.

Me enamoré de ella enseguida. Pero todavía no lo sabía.

De repente, la melodía de una flauta proveniente del piso de abajo interrumpió mis pensamientos. En ese momento no me importaba dónde estaba, todavía me encontraba confuso y mis sentidos se despertaban lentamente. Ninguno de los dos nos habíamos presentado, pero tal vez eso era bueno por ahora.

La mujer acariciaba a un gatito, uno de esos con manchas de colores. Seguí observando sus movimientos y sus gráciles facciones. Llevaba un vestido largo y sencillo de seda rosa con esos tonos violetas característicos de la India. Tenía una melena rubia y larga, recogida hacia atrás, sostenida por una varilla que mantenía los mechones unidos. En el cuello llevaba un rosario hecho con semillas de una planta india, creo que lo llaman *mala*. También tenía pequeños aretes de plata con piedras engastadas del mismo color que sus ojos. Mientras acariciaba al gato, vislumbré en sus muñecas pequeños tatuajes con extraños símbolos, cuyo significado no entendí.

En los momentos en que nuestros ojos se encontraron, mi ser se estremeció. La suya era ciertamente un alma antigua que yo ya había conocido en alguna existencia pasada.

De repente, con delicadeza, depositó al gatito en el suelo y, poniéndose de pie, recogió la manta de seda que se había caído al suelo.

—Veo que te recuperas —dijo—. Me alegra verlo. Supongo que estarás un poco aturdido.

—Sí, en realidad estoy muy aturdido —respondí.

Se acercó a mí y puso su mano sobre mi brazo en señal de consuelo.

—Ahora estás aquí, todo está bien. Mantente sereno. Todo sucede siempre en el momento y en el lugar adecuados. Todo sucede cuando estás listo para recibirlo.

Depende de ti convertirlo en una oportunidad para tu crecimiento o en un obstáculo para tu evolución.

Intenté entender el significado de la frase, mientras unos rayos de sol que creaban extrañas formas de luz en la pared junto a la cama distraían mi mirada. No recordaba nada de cómo llegué allí. Me dispuse, aún asombrado, a observar la pequeña habitación en la que me encontraba. De las paredes colgaban unos cuadros de batik que recreaban representaciones teatrales indias.

De nuevo, la mujer de ojos azules rompió mi estado catatónico.

—Tatanji siempre lo dice.

—¿El qué?

—La frase que te acabo de citar: «Todo sucede siempre en el momento y en el lugar adecuados. Todo sucede cuando estás listo para recibirlo».

—¿Qué quieres decir? —pregunté, tratando de comprender mejor la situación que aún me era un tanto confusa.

—Intentaré explicártelo mejor, pero primero me presento, ahora que estás despierto. Soy Shanti, ayudante de Tatanji, un monje anciano que vive y enseña aquí. En la India, el sufijo *ji* se agrega al final del nombre para dar un sentido de respeto y honor hacia una persona. Realizo *seva*, o servicio desinteresado, para él. Es decir, cuido del *ashram*.

Unos maullidos la interrumpieron. Miré hacia un rincón de la habitación: los gatos dormitaban en una litera. Me vinieron a la mente los que tuve hace tantos años.

—Los gatos son animales especiales, pequeños maestros de la vida. Tuve prueba de ello cuando era niño —le dije.

Ella asintió con una sonrisa. Del armario de al lado tomó una jarra de vidrio y vertió agua en un vaso, que luego me ofreció. No dudé en beber.

—Gracias —dije, desconcertado—. Todavía tengo que aclararme. —Ella sonrió de nuevo.

Me senté con la espalda apoyada en el borde de la cama, hecha de viejas cañas de bambú. En ese instante me di cuenta de que tenía un papel arrugado en el puño cerrado: era la dirección de un *ashram* en Varanasi.

En ese momento supe dónde estaba. Recordé el viaje, el yoga, la ciudad de Varanasi. Pero ¿por qué estaba allí en ese momento, en ese cuartito en compañía de una mujer y unos gatitos, sin saber cómo había llegado hasta allí? Ella, siempre paciente, acarició a uno de los gatos que acababa de posarse sobre su regazo. Esperó a que recuperara la plena conciencia de mí mismo y del contexto.

—¿Cómo he llegado aquí? —le pregunté.

—Te trajeron. Unas personas vinieron aquí ayer por la tarde. Una de ellas se detuvo a hablar conmigo y me dijo que antes de que te desmayaras frente a él, en medio de la calle principal, te oyó decir que estabas buscando este *ashram*.

—¡Increíble! —exclamé—. Llevo días buscándolo y de repente aparezco aquí. ¡Literalmente! Sin saber qué ha pasado y quién me ha traído. Y, para llegar, he tenido que desmayarme. —Le mostré la nota que tenía en la mano—. ¡Mira! Todavía la tengo. ¡Y aquí estoy!

Shanti me sonrió.

—Todo tiene una razón de existir. ¿Recuerdas la frase que te dije antes? Si estás aquí, hay una razón. Hay un dicho, que tú también sabrás: cuando el alma está lista, aparece el maestro.

—Sí, lo entiendo, pero no conocía la expresión.

—En realidad, el significado más profundo es que, cuando estés listo, cualquier cosa que se cruce en tu camino puede convertirse en un maestro. Una vez Tatanji me dijo: «Un maestro es el que te quita el polvo de los ojos, te sacude el alma y te muestra hacia dónde mirar. Como si fueras un diamante, te coloca frente a la luz y te muestra cuánto puedes brillar».

—¿Me indica qué mirar?

—Te muestra dónde buscar. Qué ver depende de ti.

—¿Qué quieres decir?

—Tatanji no quiere crear ningún tipo de dogma. Dependiendo de tu profundidad de conciencia, comprenderás a medida que avances. Si estás listo, tendrás la oportunidad de darte cuenta de lo que dice. Él nunca te pedirá que creas en esto o en aquello. La comprensión dependerá solo de ti, de nadie más. Tatanji podrá mostrarte los métodos más adecuados para tu viaje personal, gracias a su sensibilidad y su intuición espiritual, pero todo se manifestará solo cuando estés listo para verlo. Tatanji dice: «Lo que puedes ver radica en el grado de pureza de tu corazón». Hay conocimientos que los aprenden las personas que pueden entenderse a sí mismas y el camino que deben tomar. —Y prosiguió, cambiando de tema—. ¿Cómo te llamas?

Apoyé la espalda contra la cabecera.

—Lo siento, es verdad, no me he presentado...

No tuve tiempo de terminar la frase cuando me interrumpió de nuevo.

—¡Kripala! Se me ha ocurrido en este mismo momento, una intuición. ¡Kripala!

—¿Disculpa?

—Te llamarás Kripala. Es sánscrito. Si te parece bien, por supuesto —sonrió.

—¿Kripala? ¿Qué significa?

—Proviene de *kripa*, que en sánscrito significa 'gracia', 'bendición'. Si estás aquí y ahora, es una gracia —respondió—. Creo que no hay nombre espiritual más adecuado, dada la particularidad del momento. Siempre he sido muy receptiva a este tipo de ideas. Me gusta sentirme «más allá», si se puede decir así.

—No lo entiendo —respondí confundido—. El nombre en sánscrito está bien, me gusta. Pero ¿a qué te refieres cuando dices que si estoy aquí es por la gracia?

—Tendrás tus respuestas, pero no te las daré. No a través de mí, o tal vez en parte, quién sabe. Ahora refréscate. Volveré en unos minutos y te llevaré a conocer a Tatanji. Está esperándote.

Shanti empezó a levantarse, pero la detuve.

—Una última cosa. ¿Eres italiana? Por tu apariencia, diría que sí. Tienes una tez clara y hasta tu pronunciación me resulta familiar.

—En parte —respondió—. Mi madre es italiana, mi padre es un rajá indio, muy conocido en la ciudad. Viene de una antigua dinastía de príncipes. —Se levantó de su silla y, acercándose a la ventana, comenzó a contarme—: Hace muchos años, durante un viaje a la India, mi madre conoció a mi padre. Salieron y pronto se casaron, ella ya estaba embarazada de mí. Entonces fue un escándalo sin precedentes, pero con el tiempo la gente se olvida de muchas cosas. No sin dificultad, mis abuelos aceptaron la situación. Nací aquí y tengo doble pasaporte.

»Viví mucho tiempo en Italia, donde estudié Psicología y Antropología del Lenguaje. Entonces mi padre decidió que debía aprender otro tipo de conocimiento antes de casarme con el hombre que mi familia ya había elegido para mí. Me enviaron a este *ashram* para hacer *seva*, meditar y aprender los consejos de Tatanji. Cuando nos conocimos, conectamos de inmediato. En verdad, él ya me conocía, aunque no quería decirme nada. Pero sabía perfectamente quién era yo: una luchadora espiritual. Le agradeceré de por vida esta increíble experiencia. Aquí intento en lo posible ayudarlo y estar a su lado.

Su historia me sorprendió.

—¿Tu familia ha decidido tu matrimonio? No sabía que esa costumbre todavía se practicara en la India de hoy en día —dije tratando de ocultar la amargura—. Además, me gustaría saber por qué te llamas a ti misma una luchadora espiritual.

—Hablaremos de eso más tarde, con calma. Ahora descansa. —Se fue con una sonrisa y un *namasté*.

Aún estaba confuso, pero feliz con las noticias. Me habían concedido un privilegio y tenía la intención de saborearlo al máximo. Ya no importaba cómo había llegado hasta allí: tenía la intención de borrar por un tiempo mi pasado y acoger el presente con fe.

Debemos tener fe. Fe en lo que escuchamos. Fe en los cambios que muchas veces son el preludio de nuestra evolución.

Me tomé un tiempo para refrescarme y relajarme. Después de media hora, como había prometido, Shanti volvió a visitarme. Al entrar en la habitación, se inclinó para acariciar a un gato que pasaba.

—Estás listo, ya veo. Muy bien. Ven, vamos abajo, a la sala de meditación.

La seguí. Mientras bajábamos lentamente las escaleras, observé el entorno. El mobiliario era básico. Ningún tipo de adorno o similar, solo algunos muebles y algunos cuadros de paisajes. Todo era minimalista y daba un ambiente de pura serenidad. Una vez en el pasillo, nos detuvimos.

—Tatanji se mudó aquí hace varios años, había muchos gatos callejeros —me dijo Shanti—. Después de la renovación de la casa, en lugar de marcharse, algunos se quedaron. A veces llegan nuevos, y son siempre bienvenidos. Se acostumbran a nosotros, y nosotros a ellos.

Entramos en una sala grande reservada para la meditación. Había una gran ventana a través de la cual brillaba una luz intensa pero suave. Sobre las paredes blancas colgaban unos cuadros con dedos pintados en unas posiciones particulares en primer plano: desconocía su significado místico, pero sabía que se llamaban mudras. En las esquinas había plantas de diferente naturaleza y tamaño. Algunos cojines estaban esparcidos por todo el suelo de madera oscura.

Antes de entrar, con un gesto Shanti me invitó a callarme y a quitarme las sandalias. Obedecí de inmediato.

En el centro de la sala, sentado en la posición del loto, estaba Tatanji. De espaldas a mí, tocaba una flauta de esas que se fabrican con bambú. El cabello gris largo y ondulado, atado hacia atrás con una banda elástica, fluía por su espalda de manera regular. Llevaba una túnica naranja. Un susurro me llamó la atención: Shanti me indicó que me sentara detrás de Tatanji. Asentí y con un gesto se despidió, haciéndome saber que en breve volveríamos a vernos.

Lenta y silenciosamente me senté con las piernas cruzadas detrás de él, que seguía tocando la flauta sin ser molestado. Sobre su pierna derecha, un gato descansaba plácidamente.

Decidí cerrar los ojos para sumergirme en esas dulces notas que envolvían mi mente y me daban una sensación de serenidad. Después de unos minutos, o tal vez más, sentí que un gato me rozaba el muslo. Abrí los ojos y, asombrado, vi a Tatanji frente a mí. Seguía tocando. Pero en ese momento se detuvo y me sonrió.

¿Cómo se había dado la vuelta? No había oído ningún ruido y la música no había dejado de sonar.

—*Namasté*. Bienvenido, Kripala.

—*Namasté*, Tatanji, gracias. Estoy encantado de estar aquí en tu compañía. Una curiosidad: ¿cómo sabes el nombre espiritual que me dio Shanti hace unos minutos? —le pregunté.

Esperó un momento antes de responder.

—Yo solo nombro lo que transpira tu alma —dijo finalmente—. Es un nombre que refleja mucho tu ser. Como ya has mencionado, Shanti es propensa a descubrir el nombre espiritual de las personas. Y además se divierte. —Se puso serio y el tono de su voz cambió—. Te esperaba desde hace mucho tiempo. Nuestras almas se buscaban.

—¿Qué quieres decir? —pregunté, perplejo.

—Tú y yo ya nos conocimos, no en esta vida sino en otras, pasadas, como ocurrió con Shanti.

Sus palabras turbaron mi mente, ya agitada por el encuentro. Estaba a punto de hacerle una serie de preguntas en busca de explicaciones, pero me detuvo levantando el brazo.

—Lo que importa es solo este momento. Las vidas pasadas ya sucedieron, están bien donde están y hay una razón. Piensa en que tuviéramos que recordar los miles de encarnaciones que hemos vivido, con todos los recuerdos agradables y dolorosos, los traumas, las alegrías, los cientos de miles de personas que conocimos..., si éramos seres humanos, animales o lo que fuera... Nos volveríamos locos. Ya nos cuesta manejar una sola vida, ¿qué pasaría si recordáramos cientos o incluso miles de ellas?

—¿Se suponía que tú y yo nos encontraríamos? —pregunté, interrumpiendo sus reflexiones.

—Estás aquí porque has pasado muchas pruebas en tu vida. Has sido herido pero estás curado. Te caíste pero te levantaste. Te han engañado pero has encontrado la verdad. Estabas decepcionado pero sonreíste. Eres la suma de todas las experiencias que te han forjado y que, para bien o para mal, te han llevado a ser quien eres, donde estás, en este preciso momento.

En silencio, pensé en sus palabras por unos momentos. Tatanji tenía una mirada penetrante y, al mismo tiempo, dulce. Reconocí esa forma de ser. Era solo un sentimiento, un recuerdo lejano, pero había una especie de magia en él: era capaz de capturar mi alma con su sola presencia.

Unos cuantos gatos pasaron junto a él, frotándose en su túnica y ronroneando. Él correspondió acariciándolos. Luego habló de nuevo.

—Cada evento en tu vida pasada te ha llevado a estar aquí ahora. El mundo ha sido influenciado en una pequeña parte por ti, como el mundo te ha influenciado a ti en una pequeña parte.

—Entonces es correcto cuando se dice que cada uno de nosotros está conectado con todos los demás seres vivos —razoné.

—Exactamente. Cada alma está conectada con las demás, no hay separación. Buscamos lo que en realidad ya está dentro de nosotros. A quien sea capaz de entender, se le permitirá ver lo que antes estaba oculto para él.

—¿Así que lo importante es poder «ver»?

—El misterio de la vida aparece si sabes reconocerlo. Una flor se convierte en una estrella, una nube en una galaxia, una gota de agua en un océano. En verdad no hay distinción. Cuando la mente desaparece, lo que queda es el todo.

—Así que no fue casualidad, ni coincidencia, que un monje errante hace varios años, en las montañas del Himalaya, se cruzara con un amigo mío y le diera las indicaciones para que yo esté aquí, ahora, frente a ti...

Una vez más, Tatanji se quedó en silencio por unos momentos. Entonces una sonrisa apareció en su rostro.

—En realidad, ese monje errante era yo. Te envié un mensaje.

—¿Fuiste tú? —estallé, atónito e incrédulo.

—Iba de camino a un pueblo en las laderas del Himalaya y en el camino me detuve unas semanas para meditar. En realidad, también estaba esperando a tu amigo. Luego llegó a la casita de madera, piedras y arbustos que alguien ya había construido tiempo atrás. Estuvimos juntos unos días y, antes de que se fuera, le di una hoja y unas instrucciones para ti, es decir, para entregártelo dentro de unos años. Entonces no estabas listo. Le dije el momento exacto, que corresponde a hace poco tiempo. Sabía que lo recordaría. Mi trabajo era hacerte llegar ese mensaje. Los acontecimientos y el destino hicieron el resto.

—¡Para lo cual estaba predestinado! Ya lo habías visto. ¡Sabías que en el futuro nos encontraríamos! —exclamé—. Simplemente cambiaste algo de energía, o algo así, para hacer que todo fuera más rápido.

—No más rápido, la velocidad no tiene nada que ver, así como el futuro y el pasado no tienen nada que ver. Todo pasó porque tenía que pasar.

Algunos gatos se acomodaron en sus piernas. La sonrisa de Tatanji se amplió.

—Unos meses antes de que salieras para llegar aquí, habrás notado más de eso que llamas «coincidencias». Perdiste tu trabajo y terminaste una relación duradera al mismo tiempo, ¿verdad?

—Sí, exactamente. Pero ¿cómo lo sabes? —exclamé con asombro.

—Eso no importa. Sí es importante, sin embargo, entender que todo ha pasado para facilitar tu partida. El momento era el adecuado.

—Pensaba que había sido mi decisión, no el destino, lo que me trajo aquí.

—El libre albedrío y el destino viajan por el mismo camino. Eres el artífice de lo que eres y lo que serás, pero sufres los efectos de tus acciones pasadas y presentes. Se llama karma. Pensaste que eran coincidencias, pero en realidad había un patrón oculto. Las coincidencias no existen, son señales que el universo pone en tu camino con significados que solo tú puedes entender. Todo evento tiene un propósito: desde la mariposa que se posa en una flor hasta el huracán que arrasa una isla entera. Todo tiene una razón de existir. Todo tiene un significado profundo. Todo evento visible e invisible sigue una ley universal perfecta y armoniosa.

—Así que no pude escapar de mi destino —reflexioné, rascándome la barbilla.

—Aunque huyas, el destino viene a buscarte, como un barco que, surcando el océano, no puede escapar de la tormenta para la que está predestinado.

—¿Quieres decir que mi intenso deseo de venir a la India y practicar yoga me preparó para este encuentro?

—Cuando anhelas algo, infinitos enredos invisibles crean circunstancias impredecibles a tu alrededor. Lo que está destinado a ti se revelará por sí mismo. Si el deseo es puro, podrá manifestarse.

Me resultó difícil seguir su discurso, y se lo señalé.

—¿Puro? ¿En qué sentido?

—No está relacionado con los deseos del ego. Surge espontáneamente, fuera de la mente. Ten cuidado las próximas veces. Verás, Kripala, nuestro propósito en esta tierra es encontrar el camino que nos lleve a nuestro verdadero Ser. Todo lo que se persigue de otra manera no es más que una forma de escapar de nuestra interioridad. Nuestra verdadera naturaleza está separada del falso yo, formado por los dogmas de la sociedad, la cultura y la familia en la que vivimos. Lo que nos aleja de nosotros mismos es lo que nos encadena.

Seguí su razonamiento cuidadosamente.

—Entonces es importante encontrarnos, despertar.

—Exacto, pero no solo eso. Ayudar a todo ser vivo en su evolución, especialmente si lo necesita, es fundamental para nuestra existencia: todos vivimos en la misma Tierra. Eres el autor de tu destino. Todo lo que dices, piensas o haces te afecta a ti y al entorno que te rodea. Aunque no lo parezca, es así. El universo es un caos ordenado. La Conciencia Suprema, sin tu conocimiento, genera galaxias enteras, da a luz nuevas estrellas y en el mismo instante forma los infinitos átomos de nuestros cuerpos. Participamos en este inmenso juego cósmico, conscientes o no de lo que está pasando y de lo que somos.

Saboreé el momento de silencio que siguió, pensando en lo que había aprendido.

—Gracias, Tatanji —respondí finalmente—. Tendré la oportunidad de estar a tu lado, en esta estancia; así aprenderé lo máximo posible.

—No siempre a mi lado —respondió—. En los próximos días conocerás almas maravillosas y pasarás tiempo con ellas. Probablemente una tarde o una mañana, o incluso más. No creas que un día es demasiado corto. Hay personas que, estando cerca de las almas elevadas durante años, aprenden poco y no logran casi nada. Comprender lo que se te enseñará dependerá de tu sensibilidad y tu conciencia. Tienes un alma antigua, solo necesita ser despertada.

—¿Qué quieres decir con alma antigua?

—Un alma que ha renacido en este planeta tomando forma humana nuevamente. Un alma que ha vivido muchas vidas. Un alma que ya tiene su propio camino evolutivo.

Miré a mi alrededor, tratando de canalizar mis pensamientos sobre lo que acababa de decir Tatanji.

—Como ya he mencionado, en estos días realizarás esas acciones espléndidas —continuó con calma—. Se te transmitirán profundas revelaciones, aunque a veces parezcan simples. De hecho, a muchos les parecen obvias o poco interesantes, pero son fundamentales. Aquellos que pueden descubrir la verdad en estas revelaciones tienen las llaves de su propia realización interior. Mantente claro como un arroyo de alta montaña —me instó—. Presta atención a lo que te llega desde lo más profundo de tu ser. Algunas enseñanzas serán diferentes de otras: sé consciente de eso.

Nuevamente perplejo, lo interrumpí.

—¿Qué tienen de diferente estas enseñanzas? ¿Qué quieres decir?

—Algunas revelaciones tienen el poder de cambiarte, pero solo si estás de acuerdo. Cambian tu conciencia, entran en tu esencia. —Al ver mi expresión, Tatanji se dio cuenta de que no lo entendía—. Todo depende de tu sensibilidad, de tu intuición profunda —explicó—. Si estás listo, lo entenderás. Como una semilla en tierra fértil, que si se nutre crece rápidamente, de la misma manera, cuando la semilla de la conciencia esté madura, el alma estará lista para recibir el néctar del conocimiento.

—Todo lo que tengo que hacer es escuchar, entonces.

—Escuchar ya es mucho. Hay quien escucha pero no oye. Así como de miles de flores las abejas extraen y segregan unas gotas de verdadero néctar, de miles de palabras se puede concentrar la verdadera sabiduría en unos pocos versos. El poder de algunas enseñanzas, si se entienden y se ponen en práctica, tiene el efecto de mejorar nuestra vida. Las palabras tienen la capacidad de cambiar las vibraciones a tu alrededor si conoces su fuerza y su poder. Cuanto más imbuidas estén las palabras de la energía espiritual infundida por quienes las pronuncian, más efecto transformador en quienes las reciban tendrán.

Pensé en ello.

—Se trata de conocer y comprender estos breves conceptos o enseñanzas.

—La sabiduría se puede resumir en fórmulas breves. En idioma sánscrito se las llama *sutras*. No es necesario tener el conocimiento de tomos enteros para presumir y alabar cualquiera de nuestros conocimientos, alimentando así nuestro ego. Sabio es el que a través de conceptos breves y profundos logra concentrar la esencia espiritual y hacer buen uso de ella.

—¿Qué son los *sutras*?

—En la antigüedad eran versos espirituales cantados y repetidos continuamente, para darles poder y fijarlos en la memoria de quienes los pronunciaban, para que, de generación en generación, se transmitieran de manera correcta. Son breves aforismos en los que se encierra una sabiduría milenaria. Y es por eso por lo que las palabras, si se usan bien, pueden mejorar a las personas.

»Cada uno de nosotros es un universo en sí mismo, tiene una percepción y una conciencia diferentes según su evolución espiritual. Creamos nuestro mundo con todas las piezas que componen nuestra aparente realidad. El verdadero esfuerzo es reconocer nuestro universo y trascenderlo. Esta es la utilidad de las pocas palabras de poder. Escondida en ellas está la sabiduría en su esencia.

Como ya empezaba a ser habitual, permanecí unos momentos en silencio para reflexionar.

Tatanji me dejó con mis pensamientos; luego, mirándome a los ojos, me preguntó:

—¿Qué recordamos al final de un libro, más allá de la historia? Unas frases o diálogos breves, lo que tocó nuestro interés, nuestra sensibilidad, nuestra humanidad, nuestro corazón. Frases que, si las recordamos, nos dan consuelo y muchas veces cambian nuestros días para mejor. Pequeñas muestras de sabiduría que quedan para siempre en nuestra alma como tatuajes interiores.

—Es verdad. Recuerdo dichos de mi abuela y citas de algunos libros.

—Como reconocemos una flor por su perfume, así reconocemos la sabiduría por la profundidad en que penetra en nuestra alma. La verdad se esconde en la sencillez. Esta sabiduría se esconde en los textos sagrados: textos religiosos o espirituales, o escritos de almas elevadas, que a lo largo de su historia nos han dejado gemas de riqueza infinita.

—¿Por ejemplo, algunos famosos santos místicos? —le pregunté.

—Sí. Sus historias se toman como ejemplo para generaciones, y lo serán también en el futuro. Hemos vivido compartiendo historias desde la aparición del hombre. Historias que rompen o unen relaciones humanas. Las palabras crean nuestro mundo, nuestro pasado, nuestro presente y nuestro futuro. —Tatanji se levantó, tomó una jarra de una mesa y vertió su contenido en una taza. Un leve olor a té se esparció por el aire—. Las historias a menudo esconden lecciones importantes, expresadas en breves nociones.

»El cambio en nuestra vida también puede ocurrir a través de algunos conceptos bien aprendidos, pero solo si los ponemos en práctica. La práctica es lo que marca la diferencia entre un sabio y un erudito. Aprende de las grandes almas y de lo que enseñan. Como un minero cava en las profundidades de la montaña para llegar a las piedras más preciosas, así el sabio penetra en sí mismo para llegar a la esencia de su corazón.

En ese momento, un hombre de mediana edad entró en el salón.

Saludó a Tatanji, quien le correspondió. Luego este me pidió que lo dejara solo con su invitado, con quien ya había programado una reunión importante unos días antes. El hombre esperaba en un rincón de la habitación.

—Ve con Shanti, te mostrará el *ashram* y el área de al lado —me aconsejó—. Y recuerda que ella está conectada contigo.

La última frase me sorprendió.

—¿Qué quieres decir? —le pregunté mientras me levantaba para dirigirme a la salida.

—Hay miles de millones de personas viviendo en esta tierra, pero conocemos solo a unas pocas: aquellas que serán parte de nuestro destino. Algunas por poco tiempo, otras por mucho tiempo, algunas para siempre.

—¿Hay un número predeterminado de personas que conoceremos? —pregunté con curiosidad.

—Aquellas con las que habéis creado un vínculo indisoluble y que reaparecen vida tras vida. Shanti es una de ellas. Escúchala y atesora sus consejos mientras estés aquí.

—Por supuesto, Tatanji, estaré contento de hacerlo —le dije. Empecé a irme, pero él me detuvo.

—Antes de salir, me gustaría recordar una pequeña y sencilla costumbre que practicamos en nuestro *ashram*. Es la repetición de un *sutra* breve que se recita todos los días: por la mañana nada más despertar, por la noche antes de dormir y cada vez que se entra en la sala de meditación. Es un *sutra* de amor, un recordatorio de la Conciencia Suprema Infinita que lo impregna todo. Tómate tu tiempo para aprenderlo y comprenderlo con tu corazón y tu mente.

—Me siento honrado, Tatanji.

Me entregó una pequeña hoja de papel que leí mentalmente mientras salía.

A esa Conciencia Suprema que todo lo envuelve, que no tiene principio ni fin, donde el tiempo es su pensamiento y el espacio su aliento, me abandono y le rindo homenaje.

Me sorprendió tanta sencillez y profundidad. Repetí el *sutra* una y otra vez, tratando cada vez de conectarme con mi corazón.

Me agaché para recoger las sandalias al otro lado de la puerta. En ese instante, por el rabillo del ojo, vi que Shanti entraba en el *ashram*. Pasó por mi lado sin verme. Su rostro de facciones delicadas expresaba dulzura y sensualidad, y su olor especiado a incienso envolvía mis sentidos. De repente, tal vez por intuición u otra cosa, se volvió hacia mí, al notar mi mirada. Y en ese momento sucedió lo más hermoso que podía pasar: sonrió.

Tomé mis sandalias, salí al jardín y esperé su regreso. Llegó poco después, me entregó un mango maduro, pelado y troceado, y señaló los escalones al lado del porche. Nos sentamos. El mango estaba muy dulce y le di las gracias. Le conté lo que Tatanji había compartido conmigo y le expliqué que habíamos sido interrumpidos mientras hablábamos de un tema que me parecía muy interesante.

—Yo también puedo decirte algo —dijo—, gracias a mis estudios y lo que he aprendido al vivir aquí en el *ashram*.

Le di las gracias y me dispuse a escuchar.

—Como ya has comprendido, las palabras tienen un poder enorme sobre nuestra forma de pensar. No solo tienen un fuerte impacto en nosotros, sino también en las personas que las escuchan. Tienen un efecto visible e invisible en todo lo que vive. Pueden afectar a la naturaleza de los líquidos, las plantas, nuestro estado de ánimo, nuestros genes e incluso nuestra esencia. Todo depende de lo que se dice, cómo se dice y el poder personal de quien lo dice.

Me terminé el mango.

—¿Cómo influyen en la realidad?

—¿Alguna vez has alimentado tu mente con palabras como nutres el cuerpo con alimentos?

—¿Qué quieres decir?

—Asimilamos los alimentos saludables para darnos buena energía y mejorar nuestra salud. Lo mismo debe ocurrir cuando hablamos de nosotros mismos: debemos utilizar palabras que nos den fuerza, coraje, confianza y amor; algo que la mayoría de la gente no hace. La forma en que te refieres a ti mismo dice mucho sobre cómo alimentas tu mente. Debemos introducir en nosotros palabras de sanación, de elevación interior, de estímulo para nuestra alma.

Extendí los brazos.

—Es cierto, creo que es una excelente manera de mejorarnos y aumentar nuestra autoestima.

—¿Qué lenguaje utilizas cuando estás solo: es como la seda o como la espada? ¿Delicado o agudo? ¿De amor o de miedo? Todo lo que te dices a ti mismo a menudo se concreta. Asegúrate de que tu mente no sea un balde en el que verter palabras negativas y despectivas. Aliméntala con palabras de amor, estima y fortaleza. Recuerda: cada célula te escucha.

—Has dicho que las palabras tienen el poder de transformar: ¿cómo es eso posible?

—Todo en el universo es vibración divina. Las palabras también vibran. Crean o destruyen. Personajes malvados las han usado para eliminar vidas humanas o naciones enteras. Las grandes almas, en cambio, las utilizan para ayudar a las personas y a los pueblos a evolucionar. Por eso, algunos términos que empleamos son claves para acceder a planos superiores o inferiores de nuestra existencia y conciencia. Observa siempre cómo se relaciona una persona consigo misma: entenderás mucho sobre quién está frente a ti. Trata de imaginar las palabras como seres que tienen vida propia.

»Piensa en ellas mientras evolucionan, mutan, defienden o atacan. Las palabras entran en nosotros, en nuestra mente, y pueden convertirse en amigas o enemigas de nosotros mismos y transformarnos. Es importante entender su influencia. Según un antiguo saber, los pensamientos negativos siempre han sido más poderosos que los positivos. Esto sucede porque se arraigan en nosotros con más fuerza, se aferran a nuestro inconsciente como moluscos a las rocas. Y es por eso por lo que se necesitan varios pensamientos positivos para contrarrestar uno solo negativo.

—¿Cómo podemos obstaculizar los pensamientos negativos que a veces nos persiguen?

—A través de la evocación de pensamientos opuestos. Mantén tu voluntad enfocada en crear pensamientos saludables. Todo está en la voluntad de hacer. Como dice Tatanji: el esfuerzo es necesario, siempre. Por eso las palabras sagradas se utilizan en varias tradiciones espirituales para purificar la mente y trascenderla. Es un lenguaje que penetra en el alma.

Shanti se tomó un descanso para terminar de comer el mango.

—En sánscrito, estas palabras espirituales se llaman mantras —continuó—. Son densas expresiones de energía espiritual que a lo largo de milenios han seguido cargándose y propagándose por el mundo, gracias también a millones de personas que a lo largo de los siglos las pronunciaron y cantaron. Los mantras son recitados por cualquier persona que sienta el deseo de evolucionar. Quien repite los mantras con sinceridad y regularidad tiene la certeza de purificar la mente y el corazón.

—Los he escuchado y he pensado en ello. Yo creo que...

—Yo, yo —me interrumpió Shanti—. Siempre utilizamos la palabra *yo*. ¿Sabes que es la que más usamos?

—¿*Yo*?

—Sí, y lo que agregamos después es aún más importante. Nuestra realidad comienza después de la palabra *yo*: eso es lo que nos define. Yo soy esto. Yo soy aquello. Yo quiero esto, y así sucesivamente. Es solo ego, pero es normal que lo sea. El ego es siempre nuestro primer pensamiento. Lo que sumamos a continuación crea nuestro universo. Un universo construido a partir de paredes o de espacios infinitos. A menudo usamos palabras para etiquetar. De esa manera limitamos nuestra visión y nuestros horizontes. Cada etiqueta que pegas para definir algo es en realidad una pequeña prisión.

Su declaración me dejó perplejo.

—¿Por qué?

—A veces hace que nos quedemos en el espacio que hemos creado, nos encierra impidiéndonos mirar más allá. A menudo todo esto es causado por la comodidad, la cultura, la familia y la sociedad. Sobre todo por nuestra limitada capacidad para comprender una visión total. Cuando creas tu propio pequeño territorio, es difícil aceptar la visión de las personas que quieren que observes puntos de vista diferentes a los tuyos.

—Básicamente, creamos nuestro mundo —comenté—. ¿Y cómo podemos ir más lejos?

—Si nuestros pensamientos no son los que queremos, la solución es romper los patrones de la mente. Empezamos poco a poco, transformando el lenguaje que solemos utilizar.

—¿Quién me enseñará? —pregunté.

—Lo harás tú mismo. Y tal vez aprendas un poco de mí. —Una pequeña mueca se dibujó en sus labios y nos echamos a reír—. En los próximos días tendrás la oportunidad de saber qué aprender y de quién.

—Gracias —dije. Esperé un momento, sin dejar de mirarla—. A tu lado no hace falta hablar demasiado. Me entiendes sin que yo diga nada.

Ella correspondió a su manera, con una sonrisa.

—Eso también se aplica a mí.

La observé como quien mira una flor en primavera: con asombro y admiración. Poseía un espíritu gentil pero fuerte como el acero. En algunos aspectos nos parecíamos, casi como si fuéramos mariposas con los mismos dibujos pintados en las alas.

Dejamos el *ashram* y salimos por una calle paralela para dar un corto paseo hasta la ciudad. Los dos teníamos hambre, así que nos detuvimos cerca de un puesto de comida.

—Prueba esto —me aconsejó Shanti, señalando una hoja enrollada—. Dime si te gusta.

Tomé el rollo de verduras que me había señalado.

—Lo vi exhibido en varios puestos de la ciudad en los primeros días después de mi llegada. Muchas personas lo comían en plena calle.

—Es una hoja de betel enrollada y rellena con varios alimentos locales. Coco seco y especiado, clavo, un tipo particular de nuez y más cosas, según los gustos del chef. A menudo le echan tabaco que luego escupen en el suelo, aunque ahora una ordenanza prohíbe este gesto. Una característica de la hoja es su forma de corazón, y también el color verde intenso y brillante, como puedes ver.

—Está muy buena, y es picante —observé, aunque era un poco fuerte para mi delicado paladar.

—Después de comerla, tu boca se vuelve ligeramente roja. Es un alimento conocido en toda la India, aunque esta receta es solo una variante de Varanasi. Dicen que la hoja se cosecha localmente, pero en realidad es importada. Es genial para refrescar la boca. Aunque es un alimento tradicional de la cocina india, se come y se conoce en toda Asia.

»En Varanasi puedes encontrar estas hojas en cada calle, mercado o restaurante. Desde hace varios cientos de años este alimento ha estado siempre presente en la cultura local, no solo para degustarlo sino también para ofrecerlo a los dioses durante las celebraciones religiosas o en días festivos importantes, incluidas las bodas. La tradición dice que ofrecerlo a las deidades es un buen augurio para la longevidad. De hecho, es un alimento que dura mucho en comparación con otros, gracias a sus hojas que se mantienen verdes durante mucho tiempo.

Después de haber comido volvimos a caminar y le conté cómo veía la ciudad.

—Una de las cosas que noté el primer día es el caos.

—Varanasi es mágica en su caos. Llena de colores, vacas que comen en la basura y motocicletas que cruzan las calles a toda velocidad. Para los turistas, Varanasi es una verdadera contradicción. Quienes más la visitan son los peregrinos. La mayoría compran flores o madera, las primeras para ofrendas y oraciones, llamadas *pujas*. La madera, por otro lado, es para cremar a los seres queridos difuntos. Como puedes ver, el aire está lleno del olor a madera quemada. Si prestas atención, a lo lejos puedes escuchar los cantos de mantras y los sonidos de los gongs colocados en la entrada de los cientos de templos.

Regresamos al *ashram*. Cuando llegamos, Shanti me dijo que volviera a la sala de meditación porque Tatanji ya estaba libre: podría continuar la conversación con él. Nos despedimos; ya era de noche y ella se fue a su cuarto en la planta de arriba.

Como había predicho Shanti, encontré a Tatanji en la sala: estaba ocupado en limpiar su flauta. Lo saludé y me senté a su lado.

—¿Has tenido la oportunidad de charlar con Shanti? —me preguntó mientras continuaba trabajando.

—Sí, y ha sido agradable. Es una mujer muy preparada. Me ha ayudado a comprender el poder de los pensamientos negativos que a menudo perturban nuestra tranquilidad.

Tatanji dejó de limpiar la flauta y me miró.

—Cuando aprendes algo, debes darle la bienvenida al nuevo conocimiento mezclándolo cuidadosamente con tu antiguo conocimiento. Entonces debes tener la sabiduría para saber elegir qué permitir que se quede y qué dejar que se vaya. Ser capaz de hacerlo significa haber alcanzado un buen grado de sabia capacidad de discriminación.

No me quedó muy claro.

—Saber elegir es importante, lo entiendo, pero no siempre se toman las decisiones correctas. —Y le pedí que me lo explicara.

—Una de las mayores habilidades del ser humano es distinguir lo que está bien de lo que no lo está. Las semillas de tu destino están escondidas en las elecciones que haces. Toda acción preestablece una elección, e incluso no hacer nada lo es. Tomar una buena decisión es la mejor acción que puedes realizar. Por eso debemos elegir tener tantos pensamientos positivos como sea posible. —Su rostro se puso serio—. Los pensamientos negativos surgen de nuestro juicio. Explotan en nuestra mente, creando una gran carga emocional que alimentamos repensando constantemente hasta agotarnos.

—¿Cómo podemos dejar de estar poseídos por pensamientos negativos?

—Una manera es no energizarlos al no pensar en ellos.

—¿Y cómo se hace?

—Como Shanti debe de haberte insinuado, poniendo la atención en pensamientos opuestos. Así como el artesano moldea la arcilla a su gusto y la transforma en una hermosa pieza, podemos transformar conscientemente la calidad de nuestros pensamientos para nutrir nuestro ser. Por eso es importante elevar el lenguaje, hacer que las palabras que utilizamos sean más brillantes y más elevadas. Por ejemplo, si te preguntara cómo estás, ¿qué me responderías?

—Estoy bien.

Tatanji sonrió.

—Lo suponía. La próxima vez, trata de responder «magníficamente», por ejemplo. Eleva tu lenguaje, así elevarás tus emociones. Esto creará una realidad más positiva que a su vez afectará a tus vibraciones. Un ejemplo práctico es el entusiasmo. Debemos vivir con entusiasmo.

Todo el mundo se siente atraído por él. Las almas se ven afectadas por el entusiasmo. Surge del corazón y se libera por todas partes. Con entusiasmo se adquiere coraje y ganas de vivir. Es un lenguaje universal que todo el mundo conoce.

—En realidad muchas veces pensamos mal, juzgamos mucho y criticamos —sentencié.

—No mires lo que está mal, concéntrate en lo que está bien. Es importante ir más allá y comprender por qué juzgamos. Haz este ejercicio cuando puedas. —Se concentró por un momento—. No emitas ningún juicio durante tres horas. Si puedes, agrega otras tres horas y luego otras tres, hasta llegar a un día completo. Continúa durante un día, dos, tres. Sigue durante una semana o más. Observa lo que sucede en ti mismo. Observa cómo la mente está sujeta a muchos patrones.

—Es difícil no criticar. A veces es justo.

—Estoy de acuerdo, y por eso a través de este ejercicio entenderás cuándo es útil y cuándo no. El esfuerzo es necesario; sin esfuerzo y disciplina no se consigue nada, en ningún campo. Cuando notes que tu mente juzga o critica, obsérvala. Basta con que la observes y te preguntes qué tienes que aceptar dentro de ti. Una vez entendido esto, continúa y comienza de nuevo el ejercicio. El juicio es a menudo fuente de grandes contrastes: tendemos a culpar y criticar casi inconscientemente. Suspender este ritual es difícil.

—¿Hay algún método para llegar poco a poco a no juzgar? ¿O al menos hacerlo conscientemente?

Tatanji cerró los ojos y se quedó en silencio unos instantes.

—Cuando te desafíen, escucha —respondió—. Cuando te critiquen, escucha. Cuando quieras responder de inmediato, escucha. Al escuchar, demuestras que prestas atención a las opiniones de los demás, pero que no te dejas influir por ellas. Cualquier crítica es un punto de vista, no refleja tu persona sino la realidad de quien la pronunció. Tu serenidad mental es más importante que cualquier juicio de los demás.

—Entiendo. Antes de cualquier decisión o elección, escuchar es fundamental —resumí.

En ese momento acarició a unos gatitos que pasaban a su lado; yo hice lo mismo. Dejamos pasar un rato, así, en serenidad. Tatanji me enseñaba incluso en esos momentos. Se lo agradecí mentalmente, me di cuenta de que durante el día me habían dado una conciencia del poder de las palabras y del lenguaje.

Fue la primera revelación.

Vi un pequeño cuadro colgado en la pared.

En el vacío, tienes el espacio para llenarte.
En el no tener, te tienes a ti mismo para ser.
Om Shanti.

Pensé en esas breves palabras y por qué estaban colgadas en la pared.

—Recuerda, Kripala —dijo Tatanji, rompiendo el silencio—, siempre tenemos la oportunidad de cambiar el rumbo, levantarnos de nuevo y encontrar algo positivo. Hay algo positivo en todo, lo importante es verlo. La felicidad es más un redescubrimiento que un logro. Es algo que has olvidado que tienes. Entonces un día te das cuenta de que siempre había estado contigo. —Tatanji se puso de pie y me miró a los ojos—. Conviértete en aquello que buscas. Si buscas integridad, sé íntegro. Si buscas amor, sé amor. Si buscas amabilidad, sé amable. Si te buscas a ti mismo, sé presencia. La felicidad reside en eso, lo que buscas ya está en ti. Solo debes ser consciente de ello. Vivimos esta experiencia humana para aprender lecciones, aprender a amar y servir a la creación. Somos almas inmortales llenas de amor y envueltas en luz. Eleva tu conciencia a un plano superior y date cuenta de lo que antes estaba oculto. Tu corazón conoce todas las verdades.

Se estaba haciendo tarde. Tatanji me deseó buenas noches y me recordó que antes de acostarme llenara de agua los comederos para gatos del jardín y de la sala de estar. Nos despedimos por ese día.

2

Ser presencia

El dulce sonido de la flauta me despertó en aquella calurosa mañana de verano indio.

Empecé las prácticas de yoga con mucha emoción. Tenía curiosidad por el día que amanecía, curiosidad por lo que haría y aprendería. Mis pensamientos vagaron como hojas al viento. No había mayor alegría que la belleza de esperar nuevas experiencias para mi alma hambrienta de conocimiento.

Terminé los ejercicios enseguida y bajé a la sala de meditación. Los gatos, como de costumbre, se estaban peleando. Tatanji regó las plantas y quitó algunas hojas marchitas de las macetas. Miré a mi alrededor y decidí sentarme en la posición habitual, con las piernas cruzadas, esperando a que acabara.

Poco después llegó Shanti con el desayuno: fruta, té y unas hogazas de *chapati*, el típico pan indio, fino y sin sal. Atraídos por el olor, los gatos se acercaron a nosotros y olfatearon el desayuno a la distancia adecuada. Tatanji fue a un rincón de la habitación y vertió su porción de comida en unos tazones: un poco de leche y algunas sobras de la cena del día anterior. De inmediato, atraídos por su llamada, los gatos dejaron de oler nuestro desayuno y se dirigieron hacia él. Mientras tanto, como de costumbre, Shanti sirvió té caliente en nuestras tazas. Sonreí y le di las gracias. Después de un momento de interioridad, comenzamos a comer, permaneciendo en silencio todo el tiempo.

—¿Cómo han ido tus prácticas de yoga esta mañana? —me preguntó Tatanji finalmente.

—Muy bien, gracias —respondí.

—Mientras hacías tus ejercicios, ¿en qué estabas pensando?

—En lo afortunado y feliz que soy de estar aquí, en todo lo que me pasó ayer. Tengo curiosidad por saber con quién me encontraré hoy.

Tatanji se puso serio y terminó el bocado que estaba comiendo.

—Kripala, nuestra existencia ocurre en el presente, en este instante. Y por «presente» me refiero a un momento de tiempo y presencia auténtica. La atención a lo que haces, como caminar, practicar yoga, cocinar o comer, es importante. Si no eres consciente, te falta presencia, te falta vida. No puedes escapar del aquí y ahora. Aunque a menudo no lo experimentemos, todos pasamos por el momento presente. La diferencia está entre los que pasan adormecidos y los que están conscientes. La mejor manera de experimentar esto es estar ahí completamente. Honrar el momento significa sacralizarlo, vivirlo totalmente en una presencia auténtica. —Bebió un poco de té, luego volvió su mirada hacia los gatos, cosa que hice yo también—. Mira cómo lo hacen ellos. Obsérvalos. Son excelentes maestros de la meditación.

—¿Qué quieres decir?

—Saber vivir momento a momento es parte de su naturaleza.

—¿Vivir momento a momento?

—Sí. Los gatos viven el momento, no tienen preocupaciones. Viven el perfecto aquí y ahora. Si el lugar donde están no es el adecuado, se mueven. Si tienen hambre, buscan comida. Si encuentran un buen lugar para dormir, se detienen. Cada actividad se basa en el momento. Si juegan, juegan. Si comen, comen. Si duermen, duermen. Debemos aprender de los gatos, de su forma de vida y de su manera de ser.

—¿Y cómo podemos vivir de una manera similar?

—Todo sucede aquí, ahora. Ahora es el mejor día de tu vida. Ahora es el mejor momento para empezar algo. Ahora es el momento perfecto.

Tatanji acarició a un gato a su lado.

—Como he mencionado hace un instante, vivimos en el presente, pero a menudo escapamos de él. Nos falta una presencia auténtica: con la mente vivimos un poco en el pasado o un poco en el futuro y olvidamos que nuestra vida transcurre ahora.

—¿Qué quieres decir con que vivimos en el presente pero a menudo lo perdemos?

—¿Te ha sucedido alguna vez caminar y encontrarte al final de un corto viaje absorto en tus pensamientos y sin haberte fijado en el camino? ¿Cómo ha transcurrido el tiempo? Eso es lo que quiero decir. Pasas por el momento pero no eres consciente de ello. En cada acción, céntrate. Si estás comiendo, sé lo que comes. Si estás estudiando, sé lo que estudias. Si amas, sé lo que amas.

De inmediato, atraído por la última frase, miré fijamente a Shanti, quien también escuchaba absorta. Notó mi mirada y me devolvió la sonrisa.

—¿Debería ser lo que hago? —pregunté.

—No te identifiques con lo que haces, pero sé consciente de lo que haces. La diferencia es fundamental.

Tratando de entender lo que quería decir con esta última oración, comencé a hablar, pero levantó una mano frente a mí.

—Esta mañana tendrás la oportunidad de aprender más sobre lo que te acabo de mencionar. Ahora ve con Shanti, te acompañará hasta la casa de Sanjay. —Hizo una pausa para acariciar a otro gato y luego continuó—: Cada día es un nuevo día para ti. ¿Cuántos te quedarán por vivir? Todas las oportunidades están disponibles para ti, ahora mismo, listas para ser aprovechadas. No pierdas más tiempo. Vive ahora. —Nos hizo señas con la mano para que saliéramos.

Me uní a Shanti, que me estaba esperando. Nos despedimos de Tatanji, le dimos las gracias y luego salimos del *ashram*. Tomamos una calle adyacente al edificio y caminamos en silencio entre la multitud.

Mis pensamientos estaban en ella, pero ¿cómo podría ser de otra manera? Cada vez que estábamos juntos, mi corazón latía con fuerza. No me la había sacado de la cabeza desde el primer día. Gracias a su ternura comprendí que en mí crecía una llama de pasión, aunque pequeña. Sin embargo, el mero hecho de que estuviera prometida me impedía pronunciarme.

¿Puede el amor cambiar la suerte del destino si es puro y sincero?

Shanti disminuyó la velocidad.

—Me gustan las preguntas que le haces a Tatanji. A veces la gente viene al *ashram* para pedirle consejo. En esas pocas conversaciones que he podido escuchar, porque no son privadas, nunca le han hecho preguntas tan particulares como las tuyas. Las que haces son esenciales, y a veces me sorprende su sencillez y profundidad.

—¿Qué quieres decir?

—Tus preguntas vienen del corazón, son puras. Ahora entiendo por qué Tatanji te ha estado esperando durante tanto tiempo. Nada es por casualidad. El tuyo fue un encuentro *kármico*. Podrás ayudar a muchas personas a través del conocimiento que él te dará.

—Gracias, nunca había pensado en ello —le dije. Entonces sentí una conexión con ella—. Sabes, tan pronto como te vi el otro día, inmediatamente me fijé en tu mirada, en tu sonrisa y en tu dedicación a Tatanji. Tú también eres un alma especial.

Se sonrojó y no respondió; tal vez se sintió incómoda. El momento que siguió fue de silencio.

—¿Puedo hacerte una pregunta? —le dije, haciéndome cargo de nuevo de la situación.

—Dime. Si puedo, te responderé.

—¿Cómo funcionan los matrimonios concertados por las familias? Como te decía, pensaba que en la India, ahora tan moderna, habían desaparecido casi por completo. ¿Estás obligada a casarte o no? ¿Has visto a tu futuro esposo? Quiero decir, ¿estáis saliendo juntos? ¿Os amáis? —Me tamblaba un poco la voz.

—¡Cuántas preguntas! Pero ¿no querías preguntarme solo una cosa?

Nos reíamos mientras caminábamos por las calles de la ciudad.

—Es una tradición que siempre ha existido en la familia de mi padre y en el país en general —comenzó Shanti—. Siempre ha sido así, desde tiempos inmemoriales. Cuando era pequeña, mi abuela me explicaba que era una costumbre, es decir, una normalidad. Mi madre, en cambio, nunca lo aceptó, lo consideraba patriarcal. Y, de hecho, siempre ha habido una diferencia de pensamiento entre ella y mi padre. Las celebraciones más lujosas tienen lugar durante las bodas. No se repara en gastos. Además, los invitados tienen el deber de repartir el máximo número de bendiciones para los dos cónyuges.

Se quedó en silencio porque los ruidos de la ciudad no nos permitían permanecer enfocados en el tema. Nos dirigimos a una zona menos concurrida.

—Me gusta esta ciudad —comenté—. Como dijiste ayer, es realmente una contradicción. Recuerdo que una vez fue conocida por otro nombre.

—Exactamente. Varanasi también se llama Benarés, cuyo nombre espiritual es Kashi, palabra derivada de *kasha*, o 'brillante' en sánscrito. De hecho, se llama la «ciudad de la luz». Es la residencia de Shiva. Como habrás visto, su estatua está en casi todas partes. A menudo se lo representa sentado con las piernas cruzadas, como un yogui, con el pelo largo y, sobre su cabeza, una luna creciente. Su piel es azul y entre sus ojos tiene un tercero más pequeño. Varanasi es una de las ciudades más antiguas del mundo. Se dice que es una ciudad eterna.

—¡Es muy antigua, tan antigua como las pirámides de Egipto! —exclamé—. ¿Y de dónde viene el nombre Varanasi?

—De la unión de dos ríos, Varuna y Asi.

Sentí cierta languidez, así que le pedí que nos detuviéramos un momento. Shanti se rio y yo seguí su ejemplo. Decidimos volver al puesto del día anterior y, mientras comíamos, de nuevo me habló de las propiedades del betel. Un médico ayurvédico, tiempo atrás, le había dicho que las hojas de esta planta eran ricas en vitaminas y tenían propiedades medicinales.

—Si envuelves una herida con una hoja, aceleras su curación. Y en Varanasi, los rollos de betel también son una alternativa a los postres.

—¡No me hables de postres! —solté—. Desde que estoy aquí, los he visto en todas partes. Los comí un par de veces el primer día. Son buenos, pero demasiado especiados. Creo que a los occidentales nos cuesta adaptarnos a la cocina india. Cuando llegué a la ciudad, uno de los primeros alimentos que probé fue el *lassi*. Como soy vegano, me encantó el yogur de soja. Comí bastantes ese día. Eran mi alimento preferido, junto con los plátanos.

—Son muy buenos y muy refrescantes. Yo los recomiendo acompañados con dulces fritos en sartén o con mango y canela —sugirió. Después de nuestro pequeño descanso para satisfacer el paladar, seguimos caminando en silencio por las calles de la ciudad. Tras un rato nos encontramos con una antigua casa colonial—. Sigue a lo largo del corredor, Sanjay te espera —me dijo Shanti.

Le di las gracias y le dije adiós, no sin antes quedar con ella esa misma noche. Mientras caminaba por el corredor, un fuerte olor a pintura acrílica mezclada con incienso se deslizó por mis fosas nasales. Envolvía todo el ambiente. El escenario estaba adornado con estatuillas de varias deidades hindúes; reconocí a la diosa Kali, a Ganesha y a Shiva Nataraji. Coloridos batiks adornaban las paredes y muchos libros estaban esparcidos por todo el lugar. Llegué a una habitación grande iluminada por la luz que pasaba a través de una gran cúpula de vidrio. Me detuve en silencio.

Sanjay estaba de espaldas a mí. Con una larga túnica blanca, era de constitución imponente. Tan impresionante que incluso tapaba su trabajo de mi vista, un trabajo que lo mantenía concentrado hasta el punto de que no me oyó, o al menos eso creí.

Me acerqué. Estaba pintando un lienzo. Visto más de cerca, me fijé en que era una hermosa flor de muchos colores dentro de un jarrón antiguo.

Dejó de pintar, se volvió y me saludó con un gran *namasté*.

—Bienvenido, Kripala.

Me incliné levemente, devolviendo el saludo.

—*Namasté*, Sanjay.

Era realmente impresionante. Con muy poco pelo, casi calvo. La túnica, en una inspección más cercana, era de color crema, apenas salpicada por algunas manchas de pintura. Su cara era redonda y alegre. Le hubiera calculado unos sesenta años.

—Mi nombre significa 'victorioso'. —Me hizo un gesto para que me acercara—. ¿Tienes sed? ¿Quieres un poco de té? —dijo suavemente.

—No, gracias —respondí—. Estoy bien así.

—¿Te gusta pintar?

—Sí, siempre me ha fascinado el arte en sus diferentes matices.

La habitación era en realidad un gran estudio lleno de pinturas que representaban paisajes, personas meditando, flores y piedras dispuestas verticalmente. Obras sencillas y esenciales. Cada lienzo transmitía una sensación de serenidad. Sanjay me miró en silencio mientras yo observaba las diversas obras colgadas en las paredes. Me dejé llevar, encantado. Cada una capturaba mi interés.

—¿Qué piensas de estas pinturas, te gustan? —me preguntó.

—Me siento atraído por ellas. Desprenden una especie de tranquilidad y al mismo tiempo tienen energía. Es fascinante. —Me acerqué al trabajo que estaba realizando.

Me miró con una expresión benévola.

—Gracias, me alegra que aprecies el arte en sus matices.

—No sé exactamente por qué estoy aquí —admití, desconcertado—. Shanti me ha acompañado, pero no me ha dicho nada más. Tatanji dijo que me ayudarás a comprender la importancia de ser presencia, aunque realmente no sé qué es.

—Entiendo. —Sonrió—. Mi objetivo es hacerte comprender la importancia de la atención, del aquí y ahora, del ser presencia. El objetivo es conocerse y compartir un rato. Es mi deber no decepcionar a Tatanji, le tengo un enorme respeto y siento por él una inmensa gratitud. De cualquier manera, estás aquí y hay una razón. Probablemente hoy, mañana o más tarde lo entenderás. Ven, sentémonos.

Nos sentamos en dos sillas de madera antiguas, hechas a mano, hermosas a la vista. También me encantaron, y las observé con curiosidad.

—Durante mucho tiempo he viajado a lo largo y ancho de la India. He visto lugares maravillosos. Ahora vivo aquí, desde hace varios años. Me gusta pintar lo que siento en mi corazón. Me mantengo gracias a la venta de mis cuadros. —Sanjay me contó sus andanzas juveniles por las diversas provincias indias y cómo para él habían sido años de gran inspiración artística. Me contó cómo disfrutaba al observar paisajes, flores y arroyos en cada lugar que visitaba—. Ahora ya no viajo, pero llevo cada recuerdo en mí y lo expreso pintando —concluyó—. Así encuentro paz y serenidad. Y, sobre todo, una presencia auténtica.

—¿Qué quieres decir con presencia auténtica? —pregunté, seguro de que finalmente aclararía mis dudas.

—Estar presente en lo que haces. —Me miró con una expresión dulce—. Olvidamos que nuestro tiempo es limitado. Muchas personas no entienden que nuestra vida normalmente consiste en un cierto número de respiraciones, un cierto número de latidos del corazón. A menudo no nos importa lo que suceda ahora. Muchas veces nos olvidamos de parar, de escucharnos, de sentirnos respirar. De ser. De saborear la vida. Estamos tan atrapados por lo que ha sido o lo que será que no logramos vivir el momento. Raramente encontramos espacios diarios para nosotros mismos, para vivir. La mayor parte del tiempo lo pasamos fuera del presente, mientras lo vivimos.

—Eso es cierto —reflexioné—. Muchas personas desperdician sus vidas. En cualquier caso, los seres humanos tenemos esa creencia equivocada de que siempre hay tiempo, casi como si fuera ilimitado.

—Este es el gran juego o ilusión de la mente, pero sabemos muy bien que tarde o temprano tendremos que dejar este cuerpo físico. La única manera de detener el tiempo es vivirlo plenamente ahora. Así, cada momento será perfecto. —Me miró sonriendo y se acercó a mi cara—. ¿Crees que vivirás para siempre, Kripala?

Le devolví la sonrisa.

—No, claro que no.

—Bien, recuerda que no te quedarás aquí para siempre. La vida es ahora, no ayer, no mañana. Valora tu tiempo. Valórate a ti mismo. Si no en este momento, ¿cuándo? Podría ser el último. Acógelo. Vive el instante como lo vive una mariposa. En el aquí y ahora todo se revela.

Sus palabras me fascinaron.

—Vamos, salgamos.

Fuimos a un pequeño jardín interior y nos sentamos en la hierba. Mi mente estaba llena de preguntas. Mis pensamientos eran como monos en busca de fruta dulce, saltando de un lado a otro. Tenía hambre de saber más.

El jardín estaba cerrado por altas celosías de madera, de modo que no se podía ver la calle. Alrededor había distintas variedades de flores bien cuidadas, como en los jardines zen. En el perímetro había muchos bonsáis y piedras blancas dispuestas en un orden preciso. Un sendero de piedra atravesaba el jardín.

—Discúlpame un momento, vuelvo enseguida. —Sanjay desapareció de mi vista, solo para reaparecer un momento después con un vaso de agua en la mano. Llegó frente a mí sin haber derramado ni una gota y eso me asombró, considerando la velocidad con la que se había acercado. Me entregó el vaso.

—Estoy bien, gracias —le dije, pensando que me iba a ofrecer un poco de agua.

—No es para beber —señaló—. Te pido un favor —continuó—. Cruza el jardín siguiendo el sendero de piedra; luego regresa. Esperaré aquí. Lleva el vaso contigo y procura, si es posible, no derramar ni una sola gota.

Pensé que era un ejercicio, y con entusiasmo inicié el recorrido que me había indicado. Con la mano derecha sostuve el vaso, mientras que con la izquierda sostuve la parte inferior por seguridad. Caminé lentamente mientras recordaba momentos similares, cuando era niño y llevaba leche a mis gatos tratando de no derramar ni un poco.

El agua comenzó a fluctuar. Reduje la velocidad. Traté de encontrar un equilibrio entre el acto de caminar y mis manos. Observé el vaso con atención y me concentré en mis movimientos y pasos tratando de sortear algunas plantas.

Me tomó un tiempo, pero logré completar el recorrido. Una vez de regreso, me detuve frente a Sanjay. Algunas gotas se habían escapado del vaso y aterrizado en la palma de mi mano.

Las miró y sonrió.

—Has perdido algo de agua, por lo que veo. Vuelvo a llenar el vaso, hasta el borde. Ahora repite la misma ruta que antes, pero sin verter nada, y hazlo más rápido.

Empecé a caminar de nuevo, esta vez a un ritmo más enérgico. Estuve muy atento y traté de encontrar más equilibrio entre mis movimientos y el agua dentro del vaso. Recorrí el jardín en probablemente la mitad del tiempo y me paré de nuevo frente a Sanjay.

—Veo que has perdido algunas gotas más —comentó—, pero el ejercicio era para hacerte entender otro aspecto.

—¿Cuál?

—Siéntate a mi lado. ¿En qué estabas pensando mientras sostenías el vaso en la mano y caminabas por el jardín?

Pensé en ello.

—Estaba concentrado en mis movimientos. Durante la primera vuelta he pensado en algunos recuerdos de eventos pasados similares, mientras que durante la segunda estaba más concentrado.

—¿Estabas pensando en otra cosa?

—No, mi mente estaba enfocada en el acto de caminar y mantener el vaso en equilibrio. Quizá por eso también he podido completar la vuelta en menos tiempo.

—¿Has oído al grupo de personas fuera que pasaba cerca del jardín cantando un mantra?

—No, no me he fijado.

—Verás, Kripala, cuando la mente se enfoca en el aquí y ahora, en este caso a través del ejercicio anterior, el resto queda excluido. Estabas en el momento, no te perturbaban otros pensamientos, ni pasados ni futuros.

Estuve de acuerdo con sus palabras, pero aún quedaban muchas dudas.

—¿Debería centrar toda mi atención en el aquí y el ahora? —le pregunté.

Sanjay asintió.

—Concéntrate en todo lo que haces. En cada actividad pon tu atención consciente. Solo entonces comprenderás lo que significa vivir conscientemente. Sé lo mejor posible, en cualquier momento y en cualquier lugar. Demuéstrate a ti mismo que puedes dar lo mejor de ti en cada momento.

Mientras reflexionaba sobre sus palabras, nos levantamos y entramos.

—Te pondré un ejemplo de lo que quiero decir cuando hablo de conciencia —continuó Sanjay—. Mira por la habitación: dime cuántos objetos amarillos hay.

Miré alrededor.

—He contado diecisiete.

—¿Estás seguro?

—Sí, he observado cuidadosamente.

—Bueno —dijo sonriendo—, has puesto tu conciencia en el color amarillo. ¿Ves? Es simple, en realidad. Haz lo mismo en las actividades en las que estés más motivado, para mantenerte centrado con mayor facilidad. Luego, de manera gradual, extiende la atención a todo lo que hagas.

—No es fácil —protesté—. Creo que estar atento a lo que haces es la mayor dificultad. La mente se escapa.

—Hay una todavía más grande, y si gradualmente logras entenderla y controlarla, el resto vendrá solo.

—¿Y cuál es la parte más difícil? Pensaba que era permanecer atento.

—La parte más difícil de estar aquí y ahora es recordar la práctica en curso. Hay tantas distracciones a nuestro alrededor que poder practicar la atención plena es un logro en sí mismo. Recordar estar presente es tan esencial como estar ahí. Es un ejercicio dentro de un ejercicio. Si quieres experimentar plenamente el momento, es importante que recuerdes practicarlo continuamente. Con el tiempo se volverá espontáneo y, cuando lo sea, te darás cuenta de que la conciencia es una buena maestra de vida.

—¿Es tan difícil recordar practicar la atención plena?

—Como te decía, estamos rodeados de infinidad de estímulos sensoriales, distracciones externas e internas. Nuestra mente divaga por todas partes. Sonidos, colores, olores. Todos los días nuestros sentidos están rodeados de miles de estímulos, de los cuales nuestra mente consciente solo percibe una cierta cantidad. La mayoría sucede inconscientemente. Por eso excluimos lo que no nos interesa. Prestamos atención a las cosas que consideramos importantes. Familia, trabajo, ocio, amor, etcétera. Eso ya es una forma de conciencia. Solo necesita ser intensificada y mantenida.

»Te pondré un ejemplo. Cuando nos vemos atrapados en una situación de gran peligro inminente, permanecemos plena y totalmente en la presencia auténtica. Puedes enfrentarte al miedo o puedes escapar de él, pero estás totalmente ahí. Todos los demás pensamientos se desvanecen. Experimentas la situación con toda tu atención, concentrándote en lo que está sucediendo. Del mismo modo, en la vida cotidiana, debes estar centrado en la presencia de lo que haces, prestando la máxima conciencia. Todo el tiempo.

Hizo una pausa para tomar un sorbo de agua.

—Según tengo entendido, nuestras mentes están distraídas por una miríada de tensiones —resumí—. Nuestros pensamientos lo siguen todo. Depende de nosotros decidir qué filtrar.

—Exactamente. Así como una brújula se siente atraída por los campos magnéticos, nuestra mente se siente atraída por el pasado y el futuro. La solución es permanecer en el presente a través de la conciencia.

—¿Nos atraen pensamientos que nos llevan a vivir el pasado o el futuro? ¿Lo he entendido bien?

De nuevo, me indicó que saliera al jardín. Luego se detuvo y me miró fijamente.

—Así como una máquina del tiempo hipotética nos lleva al pasado o al futuro, también lo hacen nuestros pensamientos. Es un viaje de ida y vuelta. Si continúas, el resultado es preocupación, ansiedad. Si regresas, son rencores, estrés, remordimiento. Yo los llamo pensamientos temporales. Tener pensamientos temporales es normal, pero no es normal sufrir sus efectos.

—¿Cuál es la solución, en este caso?

—La solución, Kripala, es anclarse en el momento.

—Pero ¿cómo puedo anclarme si mi mente sigue moviéndose hacia el pasado, hacia el futuro o, como dices, sigue teniendo pensamientos temporales? —pregunté, perplejo.

—A través de la atención consciente —respondió—. Así como una lupa enfoca los rayos del sol en un solo punto, del mismo modo bajo los rayos de la conciencia nuestra mente enfoca el instante.

—Entonces, gracias a la conciencia, podemos concentrarnos en lo que estamos haciendo.

—Exactamente. Me explico mejor. —Esperó un momento como para concentrarse; luego continuó—: Vivimos solo en el presente, pero nuestra mente es astuta, muchas veces nos engaña, nos lleva a donde están nuestros deseos, creando ilusiones, preocupaciones y, a veces, sufrimiento.

—¿La mente nos lleva a donde hay sufrimiento? ¿Qué significa?

—Sufrimos si nos dejamos llevar por las frustraciones, los rencores del pasado o las preocupaciones y angustias del futuro. La mente se engaña a sí misma y sufre. Pero el sufrimiento es nuestra elección. Es diferente del dolor físico, que no podemos evitar. Ese sufrimiento es mental, por lo que podemos controlarlo. Y es un buen maestro para hacerte consciente. Recuerda: cuando la mente se aleja del tiempo, se vuelve silenciosa. Nada puede hacerle daño, ya que solo con el tiempo sufre. Donde el tiempo está ausente, la mente está en su estado más puro, allí reside, en presencia y paz.

Permanecí en silencio para reflexionar sobre lo que acababa de decir.

—¿Cuál es la razón de todo esto? ¿Por qué el sufrimiento me vuelve más centrado, más consciente? —pregunté por fin.

—Da las gracias por cualquier experiencia que te devuelva a ti mismo. Te lleva a ser presencia, te hace evolucionar. Cada momento invertido en ser significa tomar conciencia. Esa es la gran revelación. Y por eso los más grandes maestros de todos los tiempos y lugares siempre han enfatizado la importancia del «ser». En los grandes sufrimientos, en los dolores, en las heridas del corazón, en las tragedias, la mente te devuelve a ti mismo, te devuelve al ser. Pero a menudo nos perdemos. Es en el dolor donde la vida redimensiona valores importantes que hemos olvidado.

En ese momento unos pajarillos comenzaron a cantar en una rama del jardín. Sanjay se tomó un momento para escuchar su melodía. Luego me miró a los ojos de nuevo.

—Si mantienes tu mente alerta, encontrarás tranquilidad y evitarás torturarte con estados de ánimo negativos.

Se alejó y regresó al estudio. Lo seguí. Después de unos minutos se colocó frente a la pintura en la que estaba trabajando, observándola con atención. De repente me dijo:

—Te enseñaré tres técnicas muy esenciales. Se llaman los tres centrados. El primero es el centrado en los cinco sentidos. El segundo es el centrado en la absorción, el placer o el dolor. El tercero es el centrado en el amor incondicional.

»Te explico mejor el primer centrado. Tomemos el sentido del olfato. Siente los olores que hueles y presta atención a uno en particular. Mantente firme en esto. Lo mismo con los demás sentidos. Escucha un ruido, sé consciente del sonido que entra en ti. Quédate presente en él. También puedes utilizar tu respiración para que tu mente se centre en sí misma y se calme. Es un buen método, ya que la respiración es una forma muy poderosa de permanecer consciente. No puedes no respirar. Al prestarle atención, conviertes el exterior en interior. Observa tu respiración durante algún tiempo: te conducirá a la presencia, lejos de las fluctuaciones de los pensamientos temporales. —Hizo una pausa y continuó—: Te pongo, ahora, un ejemplo sobre el segundo centrado.

»Deberías estar totalmente absorto, conscientemente, en algo de lo que disfrutas. También ocurre espontáneamente con lo contrario. ¿Alguna vez has notado que cuando estás haciendo una actividad en la que estás totalmente absorto, el tiempo transcurre de manera diferente? Si es placentero, unos minutos duran segundos; si es doloroso, los segundos parecen durar minutos. Es la mente temporal la que ejerce su ilusión y se identifica con lo que haces. De cualquier manera, sé consciente de estos momentos. Abraza tanto el placer como el dolor. Debes estar presente en lo que está sucediendo, estar centrado.

»El tercer centrado es cuando amas incondicionalmente. El tiempo desaparece cuando el amor toma su lugar. Estás en el flujo del amor puro. Hagas lo que hagas, si hay amor incondicional, todo es perfecto. El amor está más allá del espacio y más allá del tiempo. Esto les sucede especialmente a las almas elevadas que aman a Dios, un amor inmenso, total, incondicional. Pero es un concepto difícil de entender si no lo vives.

Se tomó unos momentos con los ojos cerrados.

—Cuando estés inmerso en el ser —prosiguió—, tu atención estará allí. Estarás absorto en la presencia auténtica, ninguna distracción externa y temporal te perturbará. Asegúrate de quedarte ahí el mayor tiempo posible. Utiliza los cinco sentidos para ampliar el contacto con la atención en el aquí y ahora. La conciencia te da la oportunidad de responder de una manera más racional a lo que sucede a tu alrededor.

Sus palabras me inspiraron, las sentí en mí. Sanjay tenía el poder de mimar mi alma, dándome más fuerza y coraje interior.

—Aunque el pasado se haya ido —continuó—, puedes aprender de él, como puedes aprender del futuro.

—¿Cómo, cómo? ¡Un momento! —dije con asombro. No sabía si estaba bromeando o lo había entendido mal—. Está bien aprender del pasado, pero ¿cómo se pueden aprender lecciones del futuro si todavía tiene que suceder?

—Observa cómo vives tu presente ahora —sentenció—. Trata de imaginar. Si ahora comes muchos carbohidratos, muchos dulces, varias veces al día, y además no haces ejercicio, continuar de esa manera conllevará ciertos resultados en un futuro cercano. Lo mismo sucede si fumas todos los días, durante varios años: eso tendrá consecuencias en tu cuerpo, en tu mente y en tus ahorros. Eso significa aprender del futuro. Desafortunadamente, muchas personas no son conscientes de ello.

—¡Pero a menudo sucede que, aunque tengas un excelente presente o buenas intenciones, el futuro te presenta situaciones desagradables o completamente opuestas! —protesté.

—Es verdad. Nuestro destino no siempre es como lo imaginamos, pero depende de nosotros proceder como nos gustaría que fuera. Tenemos libre albedrío, podemos hacer lo mejor para nosotros y para los demás.

—Así que debería tener el coraje y la fuerza de voluntad para cambiar ahora. Ser más consciente de lo que pienso y de lo que hago.

Asintió.

—Si quieres tener un buen pasado, empieza ahora. Si quieres tener un buen futuro, empieza ahora. Si quieres tener un buen presente, este es el momento adecuado.

Dediqué un momento a saborear la sabiduría de sus palabras.

—Entiendo. Tanto el pasado como el futuro suceden ahora, en cierto sentido.

—Exactamente. «En cierto sentido», lo has dicho bien. Si el futuro está bien planificado, es útil para nuestra vida, nos ayuda a organizar mejor nuestras metas. Si nos perdemos en él sin razón, o peor aún, nos preocupamos por lo que pueda pasar, perdemos la belleza y el valor del aquí y ahora.

—¿Y el pasado?

—El pasado consiste principalmente en aprender de nuestros errores. Ese es un uso correcto de la mente temporal: aprovechar para mejorarnos a nosotros mismos. Tu poder para cambiar los acontecimientos surge solo en este momento. Lo que decides en este instante forja el futuro y crea el pasado.

Permanecimos en silencio durante unos minutos. Sanjay cerró los ojos mientras yo trataba de pensar en los últimos conceptos aprendidos. Yo era feliz con lo que estaba aprendiendo. Entendía, poco a poco, la importancia de estar presente en lo que haces.

Sanjay me sirvió un poco de té, que no dudé en beber. Le di las gracias

—Entiende que la vida se compone de momentos, y cada momento es importante. El antes y el después no son reales, son solo una imagen de la mente. Disfruta cada momento, vívelo, hazlo tuyo.

—Entiendo que todo momento es cambio —respondí—, pero, si es así, es porque hay tiempo y nos influye.

—Nuestra mente es temporal, eso es cierto. Por lo tanto todo es cambio, todo es movimiento. Pero en la presencia auténtica solo existe el ahora. Solo el instante tiene valor. Haz de este momento el mejor. La flor del futuro se esconde en la semilla del presente. No la desperdicies. Pero recuerda: lo que realmente eres está más allá de este momento. —Hizo una pequeña pausa y continuó—: En nuestra sociedad la vida se paga con nuestro tiempo. Tu trabajo es tu tiempo. Lo más preciado que posees. Todo está relacionado con el tiempo. El dinero es el medio.

»A cada momento que pasa, un pedacito de tu vida desaparece: nuestra existencia está hecha de eso. Se nos han dado pequeños ladrillos de tiempo y hay quienes construyen un palacio con ellos, otros un camino a la felicidad. Hay quien los utiliza para estudiar, hay quien los usa para amar y hay quienes los pierden sin reconocer su importancia. ¿Cuántos has desperdiciado? Decídete ahora a ser feliz. Haz joyas preciosas con tus ladrillos de tiempo.

Esa visión me fascinó.

—Te explicaré lo mismo desde otro punto de vista. —Sanjay esperó unos segundos para recibir toda mi atención—. Así como una película antigua muestra rápidamente una escena individual tras otra, del mismo modo el tiempo que vivimos se compone de momentos individuales que fluyen uno tras otro en el presente. Muchos momentos crean la película que llamamos vida. Dar sentido a estos momentos es dar sentido a la película de nuestra vida. Estar centrado en cada momento. Está todo aquí.

Mientras mi mente reflexionaba sobre su última frase, me interrumpió.

—Sé testigo de lo que sucede.

Me ofreció más té, diferente al anterior, más especiado. Bebimos tranquilamente y en silencio. Volvió a mirar la pintura que estaba creando. La miró con cuidado y dedicación, y yo la miré fijamente mientras aún pensaba en sus palabras.

—Si decides crear un cuadro, una pintura, te enfocas en lo que te gustaría pintar, qué colores utilizar, el tipo de lienzo, el tamaño de los pinceles, el toque que le quieres dar, ¿verdad, Kripala?

—Sí, por supuesto.

Se acercó al cuadro.

—Cuando estás centrado en realizar la pintura, cualquier otra distracción, ya venga del pasado o del futuro, no te llega. En ese momento eres el cuadro que quieres pintar, tu energía está ahí. —Permaneció en silencio mientras continuaba observando su creación; luego se alejó—. Ven aquí, toma mi lugar. Sigue pintando.

Aturdido por la solicitud, respondí:

—No soy capaz, no quisiera arruinar lo que empezaste.

—Primero aprende a utilizar bien las palabras. Transforma «no soy capaz» en «lo intentaré».

—Es verdad. Me lo explicaron. Estoy trabajando en ello.

—¡Bien! Entonces empieza a pintar.

Mientras «intentaba» dar delicadas pinceladas a la flor que él había iniciado, mi mente vaciló. Me sentía perplejo, porque no estaba familiarizado con la pintura. No sabía qué resultado lograría.

De repente, Sanjay se acercó a mí.

—¿Estás saboreando este momento? —me susurró al oído—. ¿Lo estás experimentando como si fuera lo más importante? ¿O estás perdiendo tu valioso tiempo con otros pensamientos?

Me detuve.

—Estaba pensando si seré capaz de dibujar una flor hermosa —le dije—. Tengo dudas.

—¡Quédate aquí! —exclamó—. Tu cometido es solo pintar, olvida el resultado. No te alejes. Estás pensando en el futuro; en cambio, tienes que traer tu mente aquí, a la pintura, al dibujo que estás haciendo, a la flor que estás mirando. Está todo frente a ti. ¡Sé consciente! El resultado depende de quién eres ahora.

Volví a pintar con más serenidad, intentando ser más consciente de lo que hacía. Y empecé a comprender, y me sentí en paz. No estaba preocupado por el resultado, solo estaba feliz de pintar libremente, agradecido por esa oportunidad.

—Entra en el cuadro, entra en la flor. Vívela —continuó Sanjay—. Haz lo mismo con tu existencia. Exprime tu vida al máximo. No pierdas ni una sola gota de tu tiempo. Saborea cada momento. No ocupes el presente con pensamientos del pasado o del futuro. No es su lugar. Déjalos en su tiempo. Dale a este momento la máxima importancia, ya que justo ahora se cumple la vida.

Miré la flor. Inmóvil, contemplé su belleza y sencillez. Vacío de otros pensamientos y con instantes de auténtica presencia, fui testigo de lo que vi. Estaba viviendo la experiencia de ser presencia, aunque por muy pocos segundos. Al final me di cuenta de que lo que había logrado era en general aceptable. Mi manera de pintar era complementaria a la suya.

—¿Lo ves? Has hecho un gran trabajo, aunque pequeño. Tus pinceladas le han dado un toque especial al cuadro. Le han dado una mayor luminosidad —me dijo.

—Sí, así es —admití—. Gracias.

—¿Lo entiendes ahora? La acción siempre es una buena maestra.

Regresamos al jardín y admiramos la extensa variedad de plantas.

—Para explicarte mejor la conciencia, me gustaría volver al primer centrado —dijo Sanjay.

—¿El de los cinco sentidos?

—Exacto. Cuando visitas lugares hermosos, que nunca antes has visto, es más probable que te fijes en ellos. Tu mente está instintivamente centrada. Estás absorto en tu entorno, gracias a los cinco sentidos más activos por la novedad. Siempre puedes hacer que suceda lo mismo. Tomemos la vista. ¿Qué ves frente a ti? —me preguntó.

—Una flor —respondí.

—¿Cuál es su forma, de qué color es, cómo está dispuesta? Haz que tu mente sea consciente de lo que observas. Pasemos al oído. Pon tu atención en el sonido más fuerte que hay a tu alrededor; ¿qué escuchas?

—¡El viento!

—Escucha su sonido: ¿es ligero o fuerte? O el tacto. ¿Qué tienes en la mano? La taza de té. ¿Está caliente? ¿Qué sensación te da? ¿Es ligera o pesada? ¿Y qué perfumes percibes? ¿Delicado o intenso? ¿Hay algún olor que te llame más la atención?

—Incienso, huelo a incienso.

—Ahora el sabor. Acabas de beber el té, lo pruebas en tu boca. ¿Qué sensación te da? ¿Es un sabor fuerte? ¿Delicado o ligero? ¿Es dulce o amargo? —Sanjay bebió un poco de agua de una pequeña fuente del jardín—. Estos son algunos ejemplos de ejercicios de sensibilización sobre los cinco sentidos. Puedes practicarlos todos los días, observando cuidadosamente, cambiando tu conciencia de un sentido a otro. Intenta estar atento a lo que percibes.

»Esto te lleva a estar cada vez más presente. Sin embargo, los pensamientos son difíciles de controlar, van y vienen sin que te des cuenta —dijo—. Si te cuesta estar centrado, trata de diversificar las diferentes prácticas. Por ejemplo, durante un período de tiempo, sé consciente de los sentimientos. Cuando veas que la mente se agita, mantente alerta en el silencio interior. Luego continúa con el tacto de los pies, la sensación de caminar, etc. De esta manera, siguiendo un método, te será más fácil estar presente.

—Entiendo. Entonces, ¿lo importante es estar lo más alerta posible?

—Sí. No dejes que la mente divague, estás viviendo ahora, ni antes ni después. Recuerda: tus prisiones más grandes están en el pasado y en el futuro. La libertad es ahora. Depende de ti decidir dónde quieres vivir tu existencia. Practica cada día.

—Lo haré. Pero ¿esto también se aplica a la felicidad?

—Por supuesto. El hombre siempre busca la felicidad, y para encontrarla debe comprender que no está fuera, sino dentro de su mente. Sé consciente de que solo tú eres la causa de cómo reaccionas ante los acontecimientos. Cada reacción es nuestra elección. Lo que elijas depende de la profundidad de tu conciencia.

Volvimos a quedarnos en silencio durante varios minutos, como si quisiera hacerme entender que la enseñanza se da incluso sin hablar.

—Cuando eres consciente y actúas en el aquí y ahora, tus energías se dirigen a lo que estás haciendo —prosiguió—. No están dispersas en otros períodos de tiempo. A menudo sucede, como he mencionado antes, cuando ocurre algo inesperado, imprevisto o peligroso. Inmediatamente desviamos la atención a lo que está pasando.

—Ahora lo entiendo más y practicaré mejor —le dije, agradeciéndoselo de corazón.

—Es importante que entiendas lo útil que es esta forma de ser. Se trata de centrarse en la conciencia, en vivir el momento. La mente juzga lo que sucede a su alrededor. Deja que los pensamientos sean hojas al viento, déjalos fluir. Obsérvalos sin juzgar. Asegúrate de que la armonía interior no se vea interrumpida por pensamientos no deseados. El sentimiento es una fase importante de la presencia auténtica. Cuando estás en el ser, estás en la paz interior que no reacciona. —Cerró brevemente los ojos y luego los volvió a abrir—. Regocíjate en el presente y da la bienvenida a cada momento sin discriminar.

—Sí, lo comprendo, muchas veces el juicio es el espejo de nosotros mismos.

—La vida es ahora; perdona el pasado y da gracias por lo que viene —concluyó Sanjay.

—Hay un concepto que no me queda claro. Cuando hablas de anclarte en el presente, ¿a qué te refieres?

—Pretendo llevar tu atención al centro de ti mismo, evitando que el tiempo, futuro o pasado, influya en tus estados de ánimo. Tus elecciones siempre serán más sabias si logras anclarte en el presente, ser dueño de tus pensamientos controlando los sentimientos, las emociones, a través del fuego de la conciencia que quema las distracciones del tiempo. De tal modo solo puedes ser. —Sanjay hizo una pausa y luego prosiguió—: Hay otras formas de practicar. Una es permanecer enfocado más y más en el aquí y ahora. Probar y volver a intentar. U observar nuestros pensamientos y traerlos de vuelta cuando se nos escapan. Finalmente, reconocer que ya estamos aquí, que no podemos estar en ningún otro lugar sino en el ahora. En verdad, no se necesita ningún ejercicio, porque todo sucede en este instante. Si te fijas bien, en realidad el presente no existe.

—¿No existe? Siempre has dicho lo contrario —exclamé confundido.

—Sí, pero escucha atentamente. Siempre que piensas en el presente, ya es pasado. Cada momento se desvanece en el siguiente. ¿Dónde está el presente, entonces?

—¿Y cuál es la solución?

—Ser, eso es suficiente para ti.

—¿Cuánto tiempo debo practicar?

—Cuanto más puedas, mejor. Tienes que poder estar presente hasta que notes un cambio.

—¿Qué necesitamos para ser?

—Nada, ya que ser, en realidad, ya eres; solo tienes que tomar conciencia de ello. La voluntad es importante. Práctica. Hay diferentes realidades donde se es consciente de una manera diferente de lo que se es.

—¿Qué quieres decir?

—Trata de recordar cuando duermes y sueñas. Cuando estás en el sueño, esta realidad no existe. Tu mente se convierte en tu sueño hasta que te despiertas. Solo entonces comprendes que estabas soñando y que el sueño no era la verdadera realidad. Te diste cuenta de que el sueño era una ilusión creada por tu mente. Sin embargo, cuando soñaste todo te parecía real. Sentiste dolor, o estabas feliz, y te pareció normal.

»En el sueño vivías solo esa realidad, aunque no eras consciente de ello. Sin embargo, solo estabas soñando. Lo mismo es cierto para la percepción de una nueva conciencia. Cuando despiertes de esta realidad, comprenderás que lo que ahora estás experimentando es solo otra ilusión de tu mente. Pero, cuidado, eso no quiere decir que la realidad que vivimos sea una ilusión: todo es Conciencia Infinita, solo cambia la forma de percibirla.

Era cierto, y me di cuenta de que sus palabras eran concretas. En aquellos años muchas veces no había comprendido la realidad del sueño y creía que era verdad, y solo cuando despertaba me daba cuenta de que era únicamente una ilusión. Aun así, era tan vívido y real...

Sanjay cerró los ojos, para volver a abrirlos después de unos momentos.

—Que todo se cumpla, que la vida se manifieste. Estás en este instante, solo ahora estás viviendo. Eres uno con la Conciencia Infinita. Agradécelo.

En ese instante llegó Shanti.

—*Namasté*, Sanjay. Espero que hayas tenido un buen día.

—Bienvenida. Por supuesto. El curioso Kripala es una excelente compañía. He descubierto que es un alma con mil preguntas.

Nos echamos a reír.

—Ahora debemos irnos —dijo Shanti.

Le agradecí a Sanjay su paciencia y su generosidad al iluminarme con lo que para mí era la segunda revelación. Ser presencia.

Shanti y yo salimos de su estudio y nos sentamos fuera del edificio, en una cómoda mecedora de estilo colonial.

Nadie habría creído jamás que pudiera nacer algo entre nosotros, quizá por el poco tiempo disponible, quizá por nuestra diversidad cultural. Pero al final, nadie se sorprendió por los acontecimientos que siguieron.

Shanti había traído algo de fruta que disfrutamos juntos.

—Gracias por venir, me gusta pasar tiempo contigo tanto por la mañana como por la tarde. Ahora estoy aquí y quiero estarlo totalmente. Quiero estar aquí, contigo, ahora —le dije emocionado.

—Ahora es nuestro momento —respondió—. Veo que has comprendido la esencia de sus enseñanzas. Tu declaración ha sido hermosa, me gusta —sonrió.

—Es la verdad. Estoy aquí contigo, y nada ni nadie podrá distraerme.

—Es verdad, lo importante es que en la escucha hay sentimiento. ¿Cómo te ha ido con el maestro Sanjay?

—Yo diría que ha sido esclarecedor. Tendré que pensar mucho sobre lo que hemos hablado. Sobre todo, me llamó la atención cómo nuestra mente es capturada por el pasado o el futuro.

Shanti se puso seria.

—El tiempo se divierte con nosotros cuando nos perdemos en el pasado o nos proyectamos hacia el futuro. Tatanji me dijo que el tiempo es como una araña esperando a su presa, que es la mente. Espera pacientemente capturarla en el pasado con pensamientos de ira, arrepentimiento, culpa. O en el futuro, con pensamientos de inquietud, preocupación, ansiedad.

»Solo existe el momento, porque solo este momento es real. Cuanto más te alejas del ahora, más dependes de los eventos de la mente temporal. Siempre recuerdo una frase que me impactó mucho y que es un estímulo para mí: «Si el pasado te genera sufrimiento, debes saber que no está aquí. Si el futuro te preocupa, debes saber que no está aquí. Solo este momento tiene valor, solo esto existe. Bienvenida. Todo aquello que es lo es ahora».

Algo en ella cambiaba cuando estábamos uno al lado del otro. Tal vez sentía lo mismo que yo. Yo la sentía cerca de mi corazón, no tanto como para nublarlo, no tan lejos como para perderlo. Un equilibrio perfecto. Era buena para lograr mantenerme suspendido. Me sentía como una gaviota elevándose libre hacia las nubes, mecida por el viento.

Caminamos hasta el centro y, antes de llegar al *ashram*, nos detuvimos en un puesto para comprar *lassi*. Allí, Shanti me contó una experiencia que tuvo con Sanjay.

—Hace algún tiempo, cuando lo conocí, me enseñó un ejercicio. Era una técnica para no quedar atrapada fuera del estado de ser presencia. Cuando puedo, la practico, sobre todo en los momentos más difíciles. Imagina a tu alrededor una perfecta esfera transparente que envuelve tu cuerpo. Dentro de esta esfera está el presente, solo este momento. Lo que estás experimentando ahora. Fuera está el pasado y está el futuro.

»Puedes salir un poco de la esfera e interactuar parcialmente con recuerdos o proyectos, para organizarte, pero nunca tienes que dejarte llevar por completo. De lo contrario perderás tu momento, que es tu vida. No tienes que involucrarte con quién o qué quiere mantenerte fuera de tu esfera, ya sean recuerdos dolorosos, problemas, preocupaciones y más. Cuando ves que algo te succiona fuera de la esfera, vuelve a entrar en ella, a tu aquí y ahora, a tu ser.

»No dejes que tu ayer o tu mañana entren demasiado en tu presente. Sé consciente. Debes estar despierto. Si puedes encontrar tu equilibrio de tiempo, colaborarás tanto con el pasado como con el futuro, pero no te verás afectado por ello, porque estás en el ahora.

—¡Qué experiencia! —exclamé con asombro—. De hecho, es un ejercicio muy práctico.

—Sí, lo es. Cuando me lo reveló por primera vez, me emocioné. El secreto es evitar que las emociones te afecten. Si tu mentalidad ha sido negativa durante mucho tiempo, sucede que los mismos patrones de hábitos negativos nuevamente tratan de alejarte de estar aquí y ahora. La solución radica en desarrollar una mentalidad consciente, dejando que los pensamientos fluyan. Aceptar lo que ha sido y ya no está. Ejercicio, ejercicio, ejercicio. Hasta que todo se vuelva más natural. El secreto es, como me dijo Sanjay, ser presente en el presente.

—¿Qué quieres decir?

—Subdivide las palabras. Ser presencia en el presente. Dos cosas distintas y muy importantes.

—¿La presencia de uno mismo y vivir en el aquí y el ahora? ¿Te refieres a eso?

—Sí, pero obtendrás una mejor comprensión más tarde —dijo, y me guiñó un ojo.

Retomamos la marcha por las calles de la caótica ciudad. Me atraían los detalles de su forma de ser. Nuestras almas se conocían y nuestros corazones tal vez se amaban incluso antes de conocernos. Estos lazos ya están establecidos por el destino y no hay nada que se pueda hacer para cambiar su unión.

Tal vez sean las pequeñas imperfecciones aquello de lo que nos enamoramos. Esos pequeños detalles que nos llegan al corazón. Esas pequeñas áreas que, además de ser perfectas, nos recuerdan nuestra fragilidad. Por eso las notamos. Nos recuerdan quiénes somos: seres humanos. Y cuando eres golpeado en tu fragilidad, te repliegas en ti mismo, como un erizo en un momento de peligro. Sanas tus heridas y empiezas a querer menos a los demás. Esto pasa cuando te lastiman. Confías menos y te proteges más. Eso me había pasado hacía poco.

Pero algo estaba cambiando...

Llegamos frente a un templo; a nuestro alrededor había unas estatuas de Buda. Le pregunté a Shanti si también había alguna referencia al budismo en Varanasi. Me dijo que a unos diez kilómetros de la ciudad había un centro religioso budista, el Sarnath de Singhpur, donde Buda pronunció su primer discurso sobre el *dharma*.

—Está cerca de aquí; es un pueblo donde hay muchos templos y monumentos budistas. Es un lugar verdaderamente espiritual —concluyó.

Llegamos al *ashram*.

—Yo me quedo aquí —le informé—. Tú sigue adelante. Ordeno la cocina, la sala de meditación y, si puedo, los dos baños. Todos los días haré mi *seva*, mi servicio desinteresado.

—Gracias —respondió ella, sonriendo.

—Gracias a ti —dije a mi vez—. Así me siento útil.

Shanti se despidió, cansada por el ajetreo del día, y subió a su habitación.

Después de lavarme y refrescarme, fui a la sala de meditación, donde Tatanji me estaba esperando. Nos pusimos a meditar. Cuando terminamos, tomamos té caliente y me preguntó cómo me había ido el día.

—Te estoy muy agradecido, y también a Sanjay —le dije—. Siempre recordaré este día. Es importante entender el ser presencia. Quizá lo más importante hasta ahora.

—Esto me hace feliz —respondió—. ¿Y qué te llamó la atención en particular?

—Lo que soy ahora es la consecuencia de las acciones pasadas. Lo que seré en el futuro es la consecuencia de las acciones presentes. Todo está centrado en estar aquí y ahora. Todo acontecimiento nace del instante. —Bebí mi té.

—Correcto —concordó—. No puedes revivir el pasado, así como no puedes vivir el futuro. Vivimos hoy, tal vez mañana. El tiempo que se nos da es este instante.

—Pero no creo que tener esperanzas sea malo.

—Depende de cómo las vivas. Ya sea como una simple confianza o como una expectativa. La expectativa está conectada con el futuro como el arrepentimiento está conectado con el pasado. En el ser presencia solo hay paz. Sin expectativas, nada te perturba; sin remordimientos, nada te entristece. Trata de imaginar si no hubiera futuro o pasado. Solo el instante. Tu vocabulario cambiaría. Hablarías solo del ahora. Practícalo. Se necesita esfuerzo. Todo el tiempo. Lo que llamamos vida sucede solo en este momento. Haz que cada momento sea sagrado. Cada vez que tus pensamientos te atrapen, dirige tu atención al ser. Inicialmente, lleva tu mente a observar tu respiración; te será más fácil. Recuerda: eres luz infinita. ¡Brilla!

—¿Hay alguna diferencia entre la atención y la conciencia?

—La conciencia, en realidad, es la clara percepción del ser, mientras que la percepción de lo que estás haciendo es simplemente atención consciente. Asegúrate de que cada acción que realices, desde la más pequeña hasta la más grande, no sea tu pequeño ego el que la realice, sino la Infinita Conciencia Pura que está en ti. Tú no eres tus pensamientos, ni quien los observa o juzga. Ser consciente de la Conciencia Infinita te llevará a darte cuenta de que eres parte del todo y que el todo es parte de ti. —Hizo una pausa para acabarse el té y añadió—: Eres luz infinita, amor infinito, conciencia infinita.

Sus palabras eran inspiradoras. Un sentimiento de amor por el universo me envolvía. Darme cuenta de que era parte del todo me llevó a ser compasivo y a amar y respetar todo lo que vive.

—Es un proceso que se desarrolla con el tiempo —agregó Tatanji—, se necesita paciencia y perseverancia. Mucho esfuerzo consciente. A la mente le gusta danzar: se fija en algo y al momento siguiente ya está en otro lugar. —Nos reímos—. El secreto del éxito está en la tenacidad. Así como un barco elige seguir su ruta para llegar a su destino, del mismo modo a través de la disciplina no hacemos más que dirigir nuestras velas, que nos llevarán a nuestro puerto. La perseverancia es el secreto. Céntrate, inténtalo de nuevo, nunca te rindas.

—No me quejo de las dificultades, solo digo que es un gran trabajo en sí mismo.

—Quejarse es desear una situación distinta a la presente. Quejarse crea una proyección hacia el futuro o el pasado al olvidarse de abrazar lo que es. Los deseos son a menudo una trampa para el ego. Y cuando estás atrapado, no eres feliz. El deseo es un sentimiento que nos ata a algo. Deshacerse de esa necesidad es el único deseo que debes tener. La felicidad es simple, no necesita nada sino solo ser, mientras que la infelicidad se encuentra en querer algo.

—¿Cuál es el mejor deseo?

—El deseo más puro es desear ser Conciencia Infinita. Allí encontrarás las respuestas que tu alma anhela.

—Pero no podemos evitar desear.

—Obviamente no, pero es bueno entender qué es lo que nos encadena, comparado con el deseo espontáneo de un helado o de un abrazo. —Sonreímos—. Acoge el instante, eso es todo. En él encontrarás la paz.

—Sin embargo, en el presente no siempre hay paz, puede haber experiencias tanto agradables como desagradables —le respondí.

—La experiencia no es más que un evento frente a tu mente. Cómo lo definimos y juzgamos crea nuestra realidad. Cuando la mente se identifica con un evento negativo, debemos reconocer la experiencia como tal. Nuestro objetivo es traer nuestra conciencia de vuelta al momento. La calidad de tu felicidad es proporcional a la intensidad de tu conciencia. Eso es todo.

—¿Qué quieres decir?

—Cuando acoges lo que viene, no hay fricción ni sufrimiento. En la aceptación existe la conciencia de que todo está sucediendo ahora para ti, no en tu contra. La felicidad llega cuando eres completamente tú mismo, cuando estás bien arraigado en el ser, insensible al pasado o al futuro.

—¿Es el tiempo, entonces, lo que nos engaña?

—El tiempo es como un batir de alas que cruza nuestra existencia. Haz que cada momento sea único, hazlo tan perfecto que cada recuerdo de él sea maravilloso.

Estaba feliz con lo que Tatanji me estaba enseñando... Eran nuevas explicaciones de la revelación que Sanjay me había enseñado.

—¿Qué puede ayudarme a traer mi conciencia de vuelta al presente si mi mente está fuertemente atraída por el pasado o el futuro?

—Tu respiración.

—¿Hay algo más?

Esperó unos momentos.

—Una antigua leyenda india habla de un pueblo perdido en las estribaciones del Himalaya. Cada noche, los sabios ancianos reunían a los jóvenes guerreros alrededor del fuego y les hacían observar la luna. Se les pedía que se hicieran una pregunta: «¿Cómo he vivido este día sagrado, despierto o dormido?». Esto es para hacerte entender la importancia de estar presente. Si tu mente está centrada, simplemente eres presencia.

—¿Y cómo reconoceré mis mejoras, mi progreso?

—Vendrán cuando seas capaz de enfocar tu mente en un solo pensamiento y liberarte sin dificultad de los no deseados. Entonces lo que te ha sido revelado habrá sido entendido y realizado, entonces estarás en tu camino.

Tatanji se puso de pie, y yo hice lo mismo. Me saludó con un gran *namasté*, que le devolví.

—Querido, haz que cada día sea mejor para ti y para los que te rodean. Mantente presente en cada acción, sé siempre amable, ya que la fuerza se esconde en la ternura, la osadía se oculta en la bondad y la generosidad se manifiesta en el amor.

Le di las gracias, conmovido por sus palabras.

—Una última pregunta, Tatanji. Si tuvieras que resumir todo esto, el ser presencia, ¿cuál sería tu pensamiento final?

Tatanji pensó durante un momento. Después me miró.

—En tu hacer siempre está tu ser. No dejes que el hacer sin el ser domine tu tiempo. Cuanta más presencia haya en el ser, más maravillosa será tu vida.

Se despidió de nuevo y se fue a otra habitación.

3

Gratitud

Era una hermosa mañana, de esas que ni siquiera imaginas que verías. Los rayos del sol iluminaban la habitación y yo, en la cama, pensaba en la dicha de estar allí en compañía de almas maravillosas. Como siempre, escuché el sonido de la flauta procedente de la sala de meditación que, introduciéndose en mi corazón, me dio una profunda serenidad.

El destino me esperaba a los pies de Tatanji. Sí, a sus pies. Alguien me dijo, hace algún tiempo, que si abandonas el ego frente a tu maestro, el destino puede cambiar. En realidad, a los pies del maestro te abandonas y aceptas renovarte, acoges con confianza lo que el universo te da. De repente, la melodía se detuvo, como si Tatanji quisiera que me levantara y me uniera a él. Mi mente divagó, tenía curiosidad por saber a quién conocería ese día. Además, pronto volvería a ver a Shanti.

En el pasado ya había conocido a personas nuevas y me había sentido en sintonía con ellas. Creo que es normal. Pero con ella era diferente: había una afinidad aún más profunda e intensa. Quién sabe si ella también percibía ese vínculo. Eso pensaba, eso esperaba. Tatanji había sido muy claro sobre la relación entre ella y yo, ya que el primer día me había dicho: «Shanti está conectada contigo». Creo que quiso decir que hay un karma en común entre nosotros, o mejor dicho, ella y yo ya nos conocíamos, no de esta vida sino de las anteriores.

Un ruido me sacó de mis pensamientos y detuve mi mente inquieta: divagaba demasiado. Estaba perdiendo el tiempo, no estaba centrado. Me levanté de la cama, me di una ducha rápida y pasé una hora haciendo mis prácticas matutinas de yoga. Después, me dirigí a la sala, abajo. Tatanji me esperaba exactamente a las siete, solo unos minutos después. Mientras tanto, había vuelto a tocar y las notas se extendían por todas partes. El ambiente estaba saturado de paz.

Tan pronto como entré en el salón, se me presentó una escena hilarante: Tatanji estaba sentado de espaldas en el centro, con las piernas cruzadas y, como siempre, sostenía la flauta. Un gatito se había sentado en su hombro derecho, sin que yo entendiera cómo había llegado ahí. Me reí para mis adentros ante aquella escena maravillosamente dulce y hermosa.

Me senté detrás de Tatanji y esperé entre los maullidos de algunos gatos. Unos cachorros peleaban jugando no muy lejos de mí. Cerré los ojos para saborear el momento, sumergido en esos melodiosos sonidos. Los abrí de nuevo después de unos minutos y nuevamente Tatanji estaba frente a mí, con los ojos cerrados. Una vez más me pregunté cómo lo hacía: volverse de repente sin dejar de tocar... ¡y sin hacer el menor ruido! Era un pequeño misterio.

Cuando terminó de tocar, tomó al gatito subido a su hombro y lo colocó en el suelo.

—Estos gatitos, si bien son limpios y reservados, pasan la mayor parte del tiempo jugando, comiendo y durmiendo. Este es su *dharma*, o ley cósmica, y nosotros como seres humanos tenemos el nuestro. Pero su *dharma* absoluto es comer —observó con una sonrisa—. Y últimamente he conocido a otro cuyo mayor *dharma* también es comer —continuó.

Nos reímos. Se refería a mí.

Acaricié a un gatito muy negro que pasaba y él me correspondió frotándose contra mi pierna.

Tatanji lo señaló.

—Esta es su manera de agradecer. Aprecian lo que les das. Son seres sensibles a la ternura y corresponden frotándose en cualquier parte de tu cuerpo que puedan alcanzar. —Se puso serio y, mirándome directamente a los ojos, me preguntó—: Kripala, ¿sabes agradecer?

—Sí, Tatanji, cuando lo recuerdo siempre doy las gracias. Como ahora, aunque no lo exprese verbalmente. Doy las gracias por estar aquí, le doy las gracias a Shanti, al lugar, a todo y a todos. Pero debo practicar expresar mejor mi gratitud con palabras.

Tatanji acarició a otro gatito peludo.

—La gratitud inicialmente requiere un esfuerzo diario, como cualquier cosa que quieras lograr. Se necesita práctica y constancia. Es un proceso interior que crea conciencia y alegría, pero los efectos en el espíritu son inmensos.

—¿Debería estar agradecido por cualquier cosa?

—¡Sí! —exclamó—. Bendice siempre lo que llega y agradece lo que se va. Esta es la esencia de la gratitud. Gratitud incondicional. Hoy tendrás la oportunidad de estar frente a un alma especial: Kritajina. La conocerás en breve.

En ese momento entró Shanti, trayendo consigo el desayuno. La saludamos y le dimos las gracias. Se puso a acariciar a un gatito dormido.

—Shanti, ¿qué piensas de la gratitud? —le preguntó Tatanji.

—Que para muchos es algo desconocido —respondió—. La gratitud es una joya para lucir en cualquier momento y en cualquier lugar. Eso dice Kritajina.

—Sí, pienso exactamente lo mismo que tú —respondió Tatanji.

Mientras tanto, serví el té en las tazas. En presencia de Shanti, mi alma estaba inquieta, pero traté de no dejar que mi emoción se filtrara.

—¿Estás bien, Kripala? —me preguntó Tatanji.

—Sí, sí, estoy bien, gracias —le respondí avergonzado.

Tatanji sonrió de esa manera dulce y autoritaria suya, como si supiera lo que estaba pasando dentro de mí. Probablemente sintió lo que yo sentía. Después de tomar un sorbo de té, se levantó y salió de la habitación, tras despedirse de nosotros y desearnos un buen día. Le devolvimos el saludo. Shanti siguió desayunando en silencio, acariciando a un gato que yacía a su lado. Cuando terminé de comer, llevé las sobras a la cocina mientras Shanti terminaba de arreglarse. La idea era tomarme un tiempo para dar un pequeño paseo y luego dirigirme a mi cita.

Un poco más tarde salimos a la calle. Una ola de aromas a incienso y especias nos golpeó. A lo largo del camino había tiendas de resinas con una colorida gama de frascos: de allí salían aquellas exóticas e intensas fragancias. Me embriagaron.

La India también era eso.

Disfrutábamos observando todo lo que nos rodeaba, curioseábamos, mirábamos cada objeto, apreciábamos divertirnos juntos.

—Pronto aprenderás algunos sabios consejos, así que mantente atento —me informó Shanti—. Tal vez hablemos de eso esta noche, pero seguramente lo discutirás como siempre con Tatanji.

—Gracias —respondí.

—Y yo te doy las gracias a ti, Kripala. Sabes, a medida que adquieres conciencia, te sientes cada vez más conectado con todo lo que existe. Con el tiempo aprendes que cada una de tus acciones está relacionada con las de los demás. Ser agradecido se convierte en una actitud natural.

Asentí. Luego volví a un tema que me interesaba mucho.

—Disculpa, pero tengo curiosidad por saber más sobre la tradición de los matrimonios indios. ¿Tatanji está de acuerdo con tu matrimonio concertado?

—Absolutamente no. Está en contra de los dogmas impuestos por la sociedad o las religiones, en contra de la voluntad del *dharma* del ser humano. Pero es compasivo, no quiere interferir. Tomaré una decisión en breve. Esto significa hacer una elección que creo que es correcta para mi bienestar, pero que también podría significar lastimar a alguien sin querer. Pero lo hago por amor a mí misma, por mi libertad. Aunque no es fácil. Mientras ayer estabas en compañía de Sanjay, tuve la oportunidad de hablar con mi prometido y le expliqué algunas cosas y reiteré otras. Creo que me entendió y aceptó mis elecciones. Expresó el deseo de pensar en lo que discutimos y me pidió que nos volvamos a encontrar hoy.

—Son elecciones delicadas y personales, puedo entenderlo —respondí.

Entonces le pedí que me hablara de la ciudad otra vez.

—Por lo que recuerdo, Varanasi es una de las siete ciudades sagradas de la India, y es un lugar energético y espiritual. Algunos sabios se refieren a los siete chakras de nuestro cuerpo.

—¿Qué quieres decir con *chakra*?

—Los chakras son vórtices de energía invisibles por los que fluye la energía vital. No se ven porque están presentes en el cuerpo sutil, pero así como existen en nosotros, igualmente la Tierra tiene varios, esparcidos por todas partes. Son lugares donde la energía se concentra con mayor intensidad. Para algunas culturas estas áreas se han vuelto sagradas, como ocurre con Varanasi.

—¿A qué chakra correspondería Varanasi?

—Al chakra asociado al agua, la fluidez, el fluir. Quien peregrina a estas siete ciudades obtiene grandes bendiciones para su alma.

Llegamos cerca de una pequeña casa en una calle poco frecuentada. Algo me llamó inmediatamente la atención: desde lejos, una mujer de unos setenta años nos hacía señas con la mano en alto para que nos acercáramos. De aspecto pulcro y complexión esbelta, vestía un colorido sari y nos miraba con una sonrisa muy dulce. Detrás de ella estaba la entrada a una típica casa de estilo inglés. Nos hizo un gesto para que entráramos.

—Ven, ven, no te quedes ahí. Mi nombre es Kritajina —me dijo.

—Soy Kripala, *namasté*.

La anciana saludó a Shanti, quien le correspondió. Entramos en la casa y nos condujo por un estrecho pasillo hasta una habitación luminosa y amueblada con sencillez.

—¿Os apetece un poco de té? —nos preguntó.

—Sí, gracias —respondí, inclinando levemente la cabeza.

Señaló un cojín de seda y me indicó que me sentara. Obedecí, tratando de inclinarme sobre mis piernas sin ser demasiado torpe.

—El té está listo, lo había puesto a hervir esperando a que llegaras —explicó. Luego se volvió hacia Shanti. Ella tomó suavemente la tetera y metió las hojas de té en ella. Luego, con una expresión de pena, se volvió hacia Kritajina.

—No puedo quedarme más tiempo, lo siento, pero estoy feliz de volver a verte. Pasaré más tarde, hacia el final del día.

—También estoy agradecida de verte de nuevo, dulce Shanti. De acuerdo, nos encontraremos más adelante y dedicaremos más tiempo a estar juntas.

—Seguro. —Shanti se despidió de Kritajina con un *namasté*; luego se volvió hacia mí con esa mirada infalible de ternura y fuerza—. Te dejo en excelente compañía. Te veo luego.

La saludé con un pequeño asentimiento.

Cuando Shanti salió de la habitación, Kritajina se volvió hacia mí. Nunca había visto ojos tan brillantes como los suyos: transmitían una sensación de tranquilidad y su mirada irradiaba calidez.

Le pregunté qué significaba su nombre.

—Significa 'ser agradecida', así que cuando me llaman, siempre me recuerda lo importante que es ser agradecida.

—El mío se parece al tuyo —observé.

—Por supuesto, tu nombre espiritual también suena similar, pero tienen un significado ligeramente diferente. Kripala significa 'el que trae bendiciones' o 'gracia pura'.

—Entonces, son diferentes, de hecho —confirmé.

Después de un sorbo de té me preguntó de dónde venía.

—Soy italiano.

—¡Qué hermosa es Italia! —exclamó—. ¿Y cómo llegaste a la India?

—Porque me gustaría aprender yoga y aprender de Tatanji cómo realizarme internamente.

—Entiendo, quieres encontrar la iluminación. —Kritajina sonrió con dulzura—. Pero creo que, como seres humanos, hay conocimientos fundamentales que aprender antes de continuar por el camino de la iluminación. —Se puso seria—. Se parte de los cimientos para construir una casa. No del tejado.

Asentí, pero no entendí lo que quería decir. Estaba convencido hasta ese día de que el proceso de evolución humana se desarrollaba internamente hasta alcanzar la iluminación, como la definen en Oriente: nirvana, *samadhi*, éxtasis espiritual. Pero de sus palabras entendí que este proceso, además de no ser fácil, tenía que pasar por el reconocimiento de algunos conceptos simples muchas veces olvidados por la mayoría.

—Shanti te ha acompañado hasta mí —comentó.

—Sí —respondí—. Es una chica muy agradable.

—¿Le has dado las gracias por traerte aquí?

—Sí.

—Bien. Agradecer es importante. —Volvió a tomar la taza de té y, antes de beber, cerró los ojos durante unos segundos y luego volvió a abrirlos—. ¿Sabes qué he hecho?

Esperé unos momentos.

—¿Has dicho una oración? —me aventuré.

—Algo parecido. He dado las gracias.

—¿Qué quieres decir?

—Mira, Kripala, hay dos tipos de oración. Aquella en la que pides y aquella en la que agradeces. Una surge de las demandas de nuestros deseos, del ego; la otra viene del corazón de la gratitud.

—Si he entendido bien, está la oración en la que uno pide obtener algo y otra en la que expresa solo agradecimiento y nada más —resumí.

—Sí, exactamente, lo has comprendido.

Continuó bebiendo su té. Yo hice lo mismo, reconociendo que era el mejor té que había probado desde mi llegada a la India.

—De todo el tiempo que pasaste hoy, ¿cuántos segundos invertiste en dar las gracias? —me preguntó.

Lo pensé y, un poco incómodo, respondí:

—A decir verdad, pocos.

—Entiendo —dijo con una sonrisa en los labios—. El hábito es el velo engañoso de nuestra vida. Nos hace olvidar el valor de lo que importa, es decir, de lo que tenemos, y de lo que deseábamos antes de poseerlo. El hábito a menudo nos vuelve inconscientes del valor y de la hermosura de la vida.

—¿Podrías explicarme mejor lo que quieres decir? —pregunté, desconcertado.

—El agua del té que estamos tomando, por ejemplo, como todo, tiene un valor. Tiempo atrás, la gente salía de la casa e iba al pozo a sacarla. Incluso hoy en día, beber agua pura sigue siendo un desafío para muchos. Es el resultado del trabajo de muchas personas, y todo ello para facilitar su uso en lugares donde antes no había. Pero nosotros, por costumbre y falta de conciencia, lo hemos olvidado.

»Damos todo por sentado, o casi. Esto también se aplica a otras situaciones. Necesitamos sentir gratitud por lo que nos rodea, por lo que tenemos, por nuestros seres queridos y también por nuestros antepasados. A través de sus luchas, sacrificios y esfuerzos colectivos han sido los precursores de nuestro bienestar. Rendirles homenaje, empleando la gratitud, es mantener viva su memoria y su contribución al bien colectivo. En algunas zonas del mundo el bienestar es la norma, y en general, como seres humanos, no somos muy agradecidos.

»Aún no hemos aprendido la importancia de la gratitud. Sentir gratitud es valorar cada experiencia que tiene lugar a nuestro alrededor. Debe cultivarse como se cultivan las flores, es decir, mediante la práctica diaria y el amor. Ser agradecidos nos hace felices, humildes, nos hace entender que todo es un regalo. Es fundamental ser agradecido todos los días y expandir este sentimiento hasta el infinito. Debemos ser capaces de percibirlo en todas partes. Para nuestra alma es una gran bendición. Mostrar gratitud a los demás es un acto de nobleza mental.

—Sí, tienes razón, pero creo que la mayor dificultad es saber reconocerlo todos los días, en las pequeñas cosas que muchas veces descuidamos —reflexioné.

—El mayor esfuerzo es ese, exactamente. Has tocado dos puntos muy importantes, Kripala. No solo es importante reconocer la gratitud en nuestros días, sino también saber romper los hábitos que nos alejan de la capacidad de verla y, más importante, de recordar practicarla. Si haces un esfuerzo por recordarla, será más fácil reconocerla. Si sabes reconocerla, será más fácil practicarla. Una cosa está en sintonía con la otra, y esto se aplica a cualquier práctica interior. ¡Recuérdalo!

Permanecí en silencio, reflexionando sobre lo que acababa de decir.

—Es importante acoger plenamente lo que viene —resumió ella—. Ser agradecidos no solo por las cosas buenas que tenemos, sino también por las cosas menos hermosas que nos llegan. Las malas experiencias, o mejor dicho, las que definimos como tales, forman parte de nuestra existencia, nos hacen crecer. Nos hacen comprender la vida y sus enseñanzas.

Me rasqué la barbilla, y la anciana notó de inmediato mi inquietud.

—¿Qué te preocupa, Kripala?

—No se puede esperar que estés agradecido por eventos dolorosos, tragedias, enfermedades o similares —respondí.

—Entiendo lo que me quieres decir. Los seres no quieren sentir dolor y sufrimiento. Es normal. Pero todo tiene un significado oculto que muchas veces no entendemos. Puede parecer una actitud cruda, pero es al agradecer a la vida cada experiencia que te regala, incluso las menos bellas, cuando encuentras la serenidad.

—¿Qué quieres decir?

—Si hay vida también habrá muerte, si hay felicidad también habrá sufrimiento. Siempre hay un opuesto. Como nos gusta el sol, tenemos que aceptar la lluvia; como nos gusta el verano, tenemos que aceptar el invierno. Si no experimentamos las malas situaciones, no podremos apreciar las buenas. Siempre debe haber oposición para valorar las pequeñas alegrías de la vida. —Se detuvo para tomar unos sorbos de té y continuó—: Si vamos a experimentar gratitud, también debemos experimentar insatisfacción.

»Solo experimentando los extremos de la vida podremos comprender su verdadera profundidad. Cuanto más dolor penetra en nuestra alma, más espacio se crea para contener la belleza de la existencia. Así como el diamante se formó en la roca y la flor de loto nació del barro, del mismo modo deja que tu ser entre en el dolor y sea forjado por él.

Todavía tenía algunas dudas.

—¿Por qué debo agradecer las dificultades que me pone la vida?

—Las dificultades de la vida sirven para elevarte espiritualmente, te hacen más fuerte. Cada evento tiene un sentido, un significado. Cruzándolos, saldrás más templado al otro lado. Las dificultades nos ayudan a reconocer la belleza que antes ocultaba el velo de la normalidad. Recuerda: toda rosa tiene su invierno. Sé agradecido, siempre.

Miré a mi alrededor pensativo. La perplejidad no me abandonaba.

—A los seres humanos les cuesta apreciar lo que tienen —continuó Kritajina—. A menudo son los objetos que poseen. A través del sufrimiento o del dolor reconocen el valor de lo que realmente les importa más. Esta comprensión es el principio de la sabiduría. El secreto de la felicidad está en el corazón de la gratitud. Cuanto más agradezcas, más alegría sentirás.

—¿Es realmente tan simple ser agradecido?

Kritajina me miró; sonreía.

—Es esforzarse por ver siempre una perspectiva positiva en todo. —Esperó unos segundos, como para darme tiempo de asimilar sus palabras—. Si tus pensamientos están llenos de gratitud, estarás satisfecho y te sentirás en paz. Es un medio de recuperación para el alma rota, te hace libre. Deja que la gratitud te transforme. Ella cuidará de ti. Mi abuela solía repetirme una frase a menudo: «La gratitud es una buena medicina». No tiene efectos secundarios. No tiene fecha de caducidad. Cuanto más des, más feliz serás.

Asentí y me puse a reflexionar en silencio. Kritajina se levantó y me hizo un gesto para que saliera de la habitación. Tomó un pequeño sari de colores y se cubrió la cabeza. Me levanté y la seguí. Salimos de la casa y caminamos por las calles llenas de gente.

—Por lo que entiendo, en nuestra vida debemos ser portadores de gratitud. Sin embargo, hay muchas situaciones y personas que transmiten negatividad, y es difícil dar las gracias —le dije.

—Es verdad. Muchas veces no nos damos cuenta, pero somos como esponjas. Absorbemos. Seguimos absorbiéndolo todo. Estamos rodeados por una gran cantidad de información que proviene de todos los lugares que nos rodean. A nuestra mente le resulta cada vez más difícil filtrar lo que es bueno de lo que no lo es. Debemos hacer todo lo posible por alejar a quienes nos hacen sentir mal y acercarnos a quienes nos hacen sentir bien. No siempre es fácil. Si somos conscientes de las vibraciones que nos rodean, será más fácil controlar ese tipo de energía.

—Sí, estoy de acuerdo. A veces somos positivos y otras veces vemos la belleza, pero hay personas que por su naturaleza, parecida a la de los vampiros, tienen un poder muy superior al nuestro y «absorben» nuestra positividad, nuestra energía.

Kritajina asintió.

—Sé agradecido con estas personas también, porque te hacen entender que es mejor cambiar de dirección cuando te encuentras con ellas.

Nos reímos y me miró como si todo estuviera claro. Lo estaba, sí, pero era yo quien se negaba a comprender, a aceptar la lección por completo. El obstáculo eran mis creencias pasadas. Me vino a la mente una frase de Tatanji: «Mantente claro como el agua de un arroyo». Ahí estaba su ayuda en un momento de perplejidad. Se lo agradecí mentalmente.

—Debemos practicar la gratitud. Conviértete en gratitud. Sé gratitud. Día tras día. De esa manera, la vida será más profunda y alegre —continuó Kritajina—. Es un acto simple pero poderoso, cuyos efectos son inmediatos. Simple porque no cuesta nada, poderoso porque es transformador.

—Empiezo a entender —respondí—. Creo que es una actitud natural, en realidad. Pero ¿a qué te refieres con «acto transformador»?

—La gratitud transforma lo que toca. Convierte el dolor en elevación. Convierte la normalidad en agradecimiento. Convierte la confusión en claridad. Convierte las oportunidades en bendiciones. —Unió las manos a la altura de su frente y pronunció un *namasté*, como para consolidar lo que acababa de decir—. Si la gratitud se vuelve parte de ti, tu corazón se transformará. Como por arte de magia, todo tendrá una vibración diferente, alegre.

Permanecí absorto en mis pensamientos, en silencio, mientras avanzábamos por una calle llena de gente. Kritajina me llevó a un gran vecindario. Desde la distancia vi un pequeño grupo compuesto principalmente por mujeres y algunos hombres; también había unos niños que, sonrientes, se acercaban a nosotros. Kritajina saludó a cada uno de ellos, llamándolos por su nombre. Ojeó a su alrededor y dirigió la mirada a los pisos superiores de un edificio desde donde dos mujeres nos observaban. Les hizo un gesto para que bajaran. Llegaron poco después, trayendo consigo mucha fruta y una gran olla humeante con comida. Con calma, el grupo se acercó y se alineó. Dejaron de hablar y, después de unos momentos, el murmullo dio paso al silencio. Cada una de aquellas personas estaba lista para recibir su ración de arroz y *chapati*; y para los que querían también había plátanos y manzanas. Las dos mujeres ayudaron a Kritajina, quien comenzó a servir la comida, primero a los niños y luego a los demás. En cada uno de ellos sentí la alegría de ser alimentado con buena comida caliente y fruta fresca.

Después de terminar de distribuir comida a todos, Kritajina sugirió que nos sentáramos en una pequeña plataforma de madera no muy lejos de donde estábamos, pero más apartada. Era la entrada a un pequeño templo, o eso me pareció.

—¿Haces a menudo este *seva*? —le pregunté con curiosidad.

—Esto también es gratitud —explicó—. Llevar luz y ayuda a quien lo necesita es una gran oportunidad para tu corazón. Es un acto simple, pero su valor es inmenso. Dar gracias puede cambiar el día de los que te rodean, pero también el tuyo: te sentirás feliz y satisfecho.

Rebuscó en su mochila y sacó dos manzanas que había traído para el almuerzo. Las comimos en silencio.

Después de unos minutos, se levantó y miró a su alrededor. La mayoría había terminado su comida. De una pequeña cabaña adyacente al templo sacó una escoba y comenzó a barrer. Traté de imitarla en lo posible y recogí los restos de comida que quedaban por el suelo. Finalmente, Kritajina se despidió de todos con un gran *namasté*, y en respuesta recibió un coro de alegres saludos que resonaron por el vecindario como cánticos en una catedral.

Emprendimos el camino de vuelta. Varios minutos después, me di cuenta de que Kritajina había tomado un camino diferente al inicial. En el sendero, pequeños grupos de niños ruidosos jugaban con balones de fútbol. De repente, una pelota golpeó a Kritajina con fuerza en la pierna, y ella miró a su alrededor tratando de entender qué había sucedido. Pensé que debía de sentir dolor, dada la edad y la fuerza con la que la había golpeado. Sin embargo, en lugar de molestarse, la anciana tomó la pelota y caminó sonriendo hacia el grupo. Hablaron un momento, luego comenzó a jugar con ellos, mientras yo observaba la escena con diversión. Poco después, se acercó a mí.

—No dejes que un mal momento perturbe tu serenidad —dijo—. Agradece cada experiencia. Da gracias por lo que eres y por lo que serás.

—No siempre es fácil aceptarnos a nosotros mismos: muchas veces observamos nuestros defectos. Nos enfocamos en ellos porque no los queremos —valoré.

—En realidad, la solución es simple. ¿No te gusta quién eres? Acepta lo que quieres ser. Cambia tu perspectiva.

—¿Qué quieres decir?

—Acabas de decir que a menudo te centras en tus defectos porque no te convienen.

—Sí, exactamente.

—Mira lo que es bueno, o concéntrate en lo que quieres que sea bueno, como si ya existiera en ti. Vívelo como si fuera tuyo. Dale la bienvenida y las gracias.

Me tomó unos momentos entender lo que había dicho.

—Si, por ejemplo, quisiera ser más sociable con mi prójimo, ¿haría todo lo posible para expresarlo internamente como si fuera parte de mí? ¿Creerlo e imaginar que lo has vivido durante mucho tiempo? ¿Es eso lo que quieres decir?

—Sí, exactamente. Crea una película en tu mente y obsérvate en situaciones sociales en la vida cotidiana.

Llegamos a su casa.

—En las antiguas enseñanzas se dice que la mente no distingue lo real de lo creado por los pensamientos, es decir, lo imaginado —prosiguió Kritajina una vez dentro.

La última frase resonó dentro de mí y recordé las palabras de Tatanji: «Solo unas pocas frases te penetrarán profundamente. Todas las demás, si puedes, deberás atesorarlas y trabajarlas todos los días». Algunas eran diferentes y fundamentales, y tendría que prestarles más atención. Repetí lo que Kritajina acababa de decir: «La mente no distingue lo real de lo creado por los pensamientos, es decir, lo imaginado». Rebotó en mí como el sonido de un martillo sobre un yunque. Pronto me daría cuenta de que no tenía que fijarme en qué discurso era el más o el menos importante para mí, solo tenía que estar atento y abierto. Acógelos y no te centres demasiado en el análisis. Mantente alejado, aceptando lo que viene.

Así que inmediatamente puse mi gratitud en acción y le agradecí a Kritajina varias veces lo que me estaba dando. Ella había logrado abrirme los ojos a algo que no consideraba y a lo que nunca le había prestado atención.

La anciana se dirigió a un pequeño mueble junto a la pared y encendió un poco de incienso. Regresó a la cocina, donde se quedó unos minutos.

—Prepararé más té —dijo—. Espero que me hagas compañía.

—Claro —respondí, sonriendo.

El tiempo había pasado volando, ya eran las primeras horas de la tarde. Unos minutos después reapareció con la tetera. Un olor a hierbas especiadas envolvió la habitación. Mientras servía el té, me fijé de nuevo en sus ojos brillantes. Su dulzura y su pureza me impresionaron.

Se sentó.

—No has de tener un gran corazón para contener la gratitud —dijo—. Está en todas partes, solo tienes que ser consciente de ello.

—Es un buen ejercicio.

—Sí. En esta sociedad una de las mayores contradicciones es la falta de gratitud. La mayor bendición está dentro de nosotros. Ser agradecidos por los regalos que la vida nos ofrece, regocijarnos en ellos, bendiciendo siempre nuestro destino, cualquiera que sea.

—Cuando era pequeña, los tiempos eran difíciles y la vida era diferente a como la vivimos hoy, pero éramos más felices. Mi abuela era una mujer fuerte. A menudo me repetía tres frases, para que las tuviera en mente, y en cuanto se despertaba por la mañana las ponía en práctica de inmediato. Decía que le hacían el corazón más grande y el día más positivo.

—¿Y cuáles son esas tres frases? —pregunté con curiosidad.

—Comienza el día con gratitud hacia la Conciencia Suprema. Comienza el día con un pensamiento positivo sobre ti misma. Comienza el día con el corazón lleno de amor por todos los seres vivos. —Pronunció un *namasté*—. Estos tres consejos son una verdadera bendición. Son simples, se entrelazan, no pueden coexistir por separado. Son parte de una sola visión. Gratitud Infinita, todo es Uno.

—Eso es cierto —respondí—. Si lo he entendido bien, el pensamiento agradecido hacia la Conciencia Suprema te da amor, hacia ti mismo te trae serenidad y hacia tu prójimo crea alegría.

—Veo que estás despierto cuando quieres, me alegra.

—Te estoy infinitamente agradecido, Kritajina —le dije—. Gracias a ti comprendo la importancia de la gratitud consciente. Ser agradecido es reconocer el amor, es decir, reconocer el diseño universal que nos rodea y participar en su manifestación. Debemos estar agradecidos por lo afortunados que somos, por lo que tenemos, por la salud, las relaciones, los sentimientos.

—Agradece este momento y dale la bienvenida. Siempre di gracias. Sé valiente. No te preocupes por las personas que se sorprenden o son indiferentes a tus bendiciones. —Yo escuchaba sus palabras encantado—. Vivimos en un período histórico contradictorio, en el que en apenas unas horas podemos cruzar el mundo. Hace unos siglos habría llevado meses. Muchas enfermedades han sido vencidas. Vivimos más, pero somos menos felices. Tenemos todo lo que queremos a mano, y cuando no es así podemos solicitarlo y llegará a los pocos días. En realidad nos falta gratitud.

Bebió el té que quedaba, tomó otra varilla de incienso de la mesa de café, la olió y la encendió.

—Cuando tu actitud es de gratitud, tu entorno cambia. Puede que no suceda de inmediato, pero una cosa es segura: cambiarás, serás diferente, es solo cuestión de tiempo. A medida que te transformes, el mundo que te rodea comenzará a cambiar. A menudo me repito, como hacía mi tía, una oración. En realidad es una pequeña declaración. —Sus ojos se nublaron—. Me ayuda a ser consciente de lo afortunada que soy. —Se concentró por un momento y dijo—: Estoy agradecida al universo por lo que soy y por lo que tengo. Repítelo conmigo.

—Estoy agradecido al universo por lo que soy y por lo que tengo —recité.

—Repítelo a menudo, como un mantra. Esta declaración reconoce y restaura el correcto equilibrio oculto. Con el tiempo, día tras día, al practicar la gratitud comenzarás a ver.

—¿A ver? ¿Qué debo ver?

—Verás abundancia donde antes había escasez. Verás armonía donde antes había desequilibrio. Verás luz donde antes había oscuridad. La sencillez y la gratitud son los mayores dones que puedes ser. —Hizo una pausa durante un breve momento—. ¿Lo has entendido? ¿Has notado algo en particular en la oración que acabo de decir?

—Has dicho «ser», no «tener». Sé sencillo y sé agradecido. Creo que lo entiendo: es diferente a tener sencillez y tener gratitud. «Ser» lo eres y es interior. «Tener» lo posees y es externo a ti.

—Bravo, Kripala, por eso es fundamental entender la diferencia entre los dos términos. Muchos seres humanos viven en el tener en lugar del ser. La diferencia es inmensa.

A medida que explicaba, comprendí cómo la gratitud era crucial para mi felicidad y la de los demás. Ya conocía el concepto de gratitud. Lo había practicado en algunas ocasiones formales, pero nunca le había dado demasiada importancia. Ahora, gracias a aquella hermosa mujer, me di cuenta de que esa fuerza tan poderosa como es la gratitud siempre había estado en mi poder y por imprudencia nunca la había utilizado. Su compañía me daba fuerza y una buena dosis de optimismo.

Por unos instantes me envolvió la gratitud, la misma gratitud que debería hacer mía día tras día gracias a sus consejos.

Kritajina acercó su brazo derecho y, apartando un trozo del sari, me mostró la muñeca. Llevaba un pequeño *mala* compuesto por varias piedras de colores intensos, todas uniformes.

—¿Lo ves? —Lo hizo girar—. Me ayuda a concentrarme en los colores que me rodean y veo la gratitud en todas sus formas.

—¿Qué quieres decir con «en todas sus formas»?

—Es un juego al que jugaba de niña y al que sigo jugando hoy en día. Cada color corresponde a los diversos elementos que nos rodean en la naturaleza. Sabes lo que son, ¿no? —Acercó su rostro al mío con una sonrisa inquisitiva.

Yo le respondí con una sonrisa aún más grande.

—Por supuesto: aire, agua, fuego, tierra y éter.

—Exacto, veo que estás preparado. Según el misticismo indio, todo se compone de estos cinco elementos. La pequeña pulsera me hace consciente de estas realidades, observo un color e imagino un agradecimiento correspondiente al color que encuentro. Veo el azul y agradezco el azul que veo a mi alrededor, sea cielo o mar. Es una pequeña treta, como te dije, que inventé de niña; quería intensificar mi estado de gratitud para estar cada vez más atenta.

Su forma de ser me dio una sensación de serenidad. Bebí un poco de té, que mientras tanto se había enfriado. No sabía qué preguntar y esperé unos minutos. Cerré los ojos tratando de saborear ese momento de paz. Escuché el zumbido que venía del exterior. Estaba rodeado de suaves sonidos e innumerables voces de mujeres parlanchinas, gritos de alegría de niños, música que se mezclaba con ruidos indefinidos y lejanos cantos de *mantras*, bocinas de autos y *rickshaws* pasando.

Agradecí con pureza lo que percibí, lo que sentí. Y todo sucedió en un instante. De repente sentí una sensación de alegría infinita en mi pecho. Un flujo de dicha se expandió desde mi corazón hasta mi ser. Una alegría inmensa me envolvió. Las lágrimas brotaron. Lloré y reí de felicidad.

Tal como había comenzado, en un instante desapareció. No sabía cuánto tiempo había pasado, tal vez unos minutos, aunque me parecía mucho más. Lentamente, me di cuenta. La gratitud me había invadido. No tenía un significado particular, pero entendí lo que se siente al estar agradecido.

Alegría infinita.

Abrí los ojos. Kritajina me sonrió, mirándome como si supiera lo que sentía. Y efectivamente, así era.

—¿Entiendes, ahora, lo que he querido decir?

Asentí. No quería hablar e interrumpir ese fluir que aún me hacía sentir tan bien. Las palabras pueden ayudarte a entender, pero solo a través de la experiencia puedes saber. Darse cuenta es diferente de saber.

Esperé unos minutos más, como para saborear el recuerdo de esos momentos de serenidad.

—¿Cuál es la diferencia entre la alegría y la felicidad? —pregunté por fin.

—La felicidad es transitoria. La alegría viene del corazón. Si quieres ser feliz solo decide ser feliz, no necesitas a nadie. Ser feliz es un concepto de la mente. Pero para entender estas dos simples palabras, una sola vida a veces no es suficiente.

—¿Cómo puedo obtener alegría en la vida cotidiana?

—Antes de realizar una acción, da las gracias; cuando hayas hecho una acción, da las gracias. Haz un esfuerzo constante sobre todo en los primeros días. Comienza con algo pequeño y luego sigue con algo cada vez más grande. Crea una actitud de gratitud en todas partes. Bendice todo y a todos, incondicionalmente. Si lo haces incluso con aquellos que te molestan, inmediatamente notarás una transformación dentro de ti. Los demás son nuestros mejores maestros, nos señalan nuestras limitaciones y lo que necesitamos entender sobre nosotros mismos.

De repente, los pequeños bambúes que colgaban sobre la entrada se movieron y tintinearon. Un instante después apareció Shanti. Nos saludó y se volvió hacia mí, sonriendo.

—Bueno, ha llegado el momento de que te marches, Kripala —dijo Kritajina—. Me ha hecho feliz conocerte.

—Mi gratitud hacia ti es infinita —le respondí.

Kritajina nos acompañó hasta la puerta y nos despidió con una bendición que siempre recordaré, una oración de agradecimiento: «Gracias a la vida, porque cada día es un milagro. Agradece el momento, porque solo tienes eso. Agradece lo que viene, porque es un regalo. Agradece lo que se va, porque ha hecho su trabajo. Agradece al universo, porque eres parte de él».

Cerró los ojos y nos saludó con un *namasté*. Le devolvimos el saludo.

Tan pronto como salí de la casa, Shanti me detuvo.

—Me complace ver que el día que has pasado con Kritajina te ha traído un gran cambio.

—¿En qué lo notas? —pregunté.

—Tu cara muestra una enorme sonrisa. Estás radiante. Se intuye enseguida que has estado bien con ella.

—Es verdad. Me ha dado una gran enseñanza: la tercera revelación.

Nos alejamos de la casa en silencio.

Entendí la importancia de haber conocido a esa mujer extraordinaria, que es capaz de dar bendiciones de gratitud allí a donde va. Kritajina es un alma simple y elevada.

Mientras caminábamos por la calle principal, Shanti rompió el silencio.

—Un día Tatanji me dijo que la gratitud es una invitación a entrar en el alma de alguien en silencio y ver sus dones, y cuando te invitan tienes que estar agradecido. —Sus ojos se iluminaron mientras continuaba explicando cuál había sido la experiencia más fuerte para ella—: Fue Kritajina, hace mucho tiempo, quien me hizo comprender la importancia de estar agradecida de vivir en el *ashram*, de la inmensa oportunidad que me brindó el universo. Desde entonces, estoy inmensamente en deuda con ella.

—Acostumbrarse a sentirte agradecido todos los días: creo que es un buen desafío —comenté.

—Siempre encontrarás retos. Es importante entender que al cambiar tu perspectiva, estás cambiando tu realidad. Cambia la forma de lidiar con todo. Esto es necesario para poder superar los tropiezos y continuar tu camino. Y esto también se aplica a la gratitud. Acostúmbrate a dar gracias como estás acostumbrado a comer.

—¿Y cómo puedo cambiar mi forma de ver los desafíos?

—A través de la gratitud. Solo si eres capaz de transformarlos a tu favor, te enfrentarás a cada cambio con serenidad. Sentirás el corazón ligero y lleno de amor. Todo depende de ti: haz que la gratitud sea parte de tu ser y de tu vida. Y como dice Kritajina: por lo que viene, gracias. Por lo que se va, gracias. Si no has entendido ningún concepto, Tatanji te dará más respuestas. Todo tiene su tiempo, así como las estaciones tienen el suyo. Cuando estés listo, Tatanji te lo explicará.

—Sí, por supuesto, lo entiendo, no es mi intención ser demasiado impaciente con él. Creo que conoce las formas y los tiempos para hacerme comprender sus enseñanzas. No me quejo, y le agradezco lo que ya me está dando.

—Desde que abres los ojos por la mañana hasta que los cierras por la noche, tienes la oportunidad de transformar tu vida. Actuar es esencial para lograr resultados. Podemos quejarnos de lo que ha pasado o podemos comprometernos con algo constructivo. La elección es nuestra.

—Estoy de acuerdo.

—¡Actuar! ¡Somos los autores de nuestra existencia! —exclamé—. Las quejas agotan nuestra energía, la gratitud nos da alegría.

Estaba allí, frente a mí, más hermosa que nunca. Quería mostrarle mi gratitud, y no solo eso.

Algo antiguo nos unía. Me estaba enamorando, me daba cuenta día tras día.

Me llevó al centro de la ciudad.

—Es como caminar por un laberinto —observé.

—Varanasi se compone de una miríada de calles estrechas. Perderse es normal, especialmente en el centro de la ciudad.

Shanti luego me dijo que los tés de Kritajina eran muy conocidos. A su casa acudía gente de las zonas vecinas, a menudo incluso de los pueblos vecinos, para degustarlos y llevarse unos sobrecitos a casa.

—Debo reconocer que yo también he notado su excelente calidad y su aroma. ¿Qué tiene de especial ese té?

—Se prepara según una antigua tradición ayurvédica de miles de años de antigüedad. Es una mezcla de muchas hierbas medicinales que su familia ha guardado en secreto durante varias generaciones. Habrás notado que en cuanto lo bebes, te sientes vigorizado.

—Sí, es verdad.

Caminamos por las diversas calles del centro de la ciudad y paseamos en silencio. Las calles estaban atestadas en todas direcciones. En la ciudad vieja vi numerosos templos que se sucedían, pero también restaurantes, hoteles, tiendas de arte y artesanía. Llegamos a unos *ghat* cerca del río.

—Varanasi está rodeada por un centenar de *ghat* o, mejor dicho, *Ganga ghats*, es decir, unas escaleras de piedra en las orillas del Ganges que descienden hasta sumergirse unos metros en el río —me explicó Shanti—. El río se considera un lugar sagrado tanto para los hindúes como para otras confesiones, incluida la jainista y la budista. —Señaló algunos terraplenes cerca del río—. Cualquiera que haya vivido en esta ciudad y muera aquí tiene la suerte, según los hindúes, de sumergir sus cenizas en estas aguas sagradas.

—Tienen una forma de vida diferente a la de Occidente —comenté.

Ella asintió.

—Lo que aprendí de la cultura india, habiendo nacido aquí, puedo resumirlo en tres frases: vive el momento como una celebración, vive el momento como un regalo, vive ahora y sé feliz. Esto es lo que he aprendido. La gratitud está en su cultura. Cada acción es un agradecimiento a Dios.

Más adelante reconocí gradualmente algunas calles cercanas al *ashram*.

Shanti siempre era dulce y amable conmigo. Mi corazón quería hablar con el suyo, pero ese día no me sentía preparado. Después de todo, los verdaderos amores residen en el silencio: mientras la boca calla, las almas se hablan. Me sentía feliz, ella estaba a mi lado y eso me bastaba.

Llegamos al *ashram* más temprano que de costumbre. Shanti me comunicó que se marcharía en breve: debía terminar varios recados antes de poder descansar. Yo me fui a mi habitación a refrescarme para mis prácticas nocturnas de yoga.

Después de aproximadamente una hora bajé a buscar a Tatanji. Lo encontré en la sala de meditación, ocupado limpiando los numerosos comederos para gatos. Me senté a esperar que terminara y acaricié a un gato que pasaba. Cuando terminó el trabajo, Tatanji se sentó a mi lado. Nos quedamos en silenciosa presencia por unos momentos; luego me preguntó cómo había pasado el día.

—Diría que hoy, como ayer, he tenido una hermosa experiencia de vida y sabiduría. Gracias, Tatanji, a ti y a todos vosotros.

—Nosotros no somos el centro del universo. Todo lo que tenemos y vemos nos ha sido dado en préstamo durante el tiempo necesario para nuestra evolución y permanencia en esta Tierra. Debemos dar las gracias a quienes contribuyeron a nuestro crecimiento. Cada persona en nuestra vida ha dado forma, en parte, a lo que somos ahora. Personas que nos amaron, otras que nos hicieron sufrir. Algunas se quedaron mucho tiempo, otras poco tiempo.

»Todos contribuyeron a su manera a hacer de nosotros lo que somos ahora. Vivimos en una sociedad que continuamente estimula nuestro ego y nuestros deseos. A menudo estamos concentrados en nosotros mismos, queremos esto o aquello. Poder dar gracias, sentir gratitud por lo que tenemos y lo que llega: esto es lo que nos libera. Es el comienzo de la comprensión.

—Has hablado del ego. ¿Cómo lo contrarrestamos? Es un círculo vicioso, el ego siempre está presente en nosotros.

—Sí, por supuesto, de lo contrario no seríamos quienes somos. Una de las maneras de disminuir el ego es aumentar la gratitud. Cuanto más ofrezcas gratitud, más tiempo permanecerá el ego en los aposentos inferiores; sin embargo, en todo lo que hacemos está presente.

—Entonces, ¿cómo podemos comportarnos?

—Uno de los mayores conocimientos de la vida es reconocer el bien y la prosperidad. Solo así brotará en nosotros la gratitud y enriquecerá nuestro corazón.

—Antes has dicho que vivimos en un deseo constante: ¿qué quieres decir?

—El deseo crea expectativa y apego. Lo que quieres es lo que te ata. Cuanto más te concentres en tus deseos, más insatisfecho estarás si no los cumples. El deseo carece de presencia auténtica. Quien no desea nada no se apega a nada. Sin nada, el universo le pertenece. Entonces la gratitud florece espontáneamente.

—Entiendo la importancia de reconocer la influencia de los deseos. Ayer me explicaste mucho al respecto y entiendo que queda mucho que aprender. Pero, como me gusta decir, estoy trabajando en ello.

Nos reímos.

—Acepta tu destino y bendice lo que te venga —prosiguió Tatanji—. Excava en tu interior y reconoce la alegría de la gratitud. Alimenta profundamente este sentimiento y se multiplicará por todas partes.

—No todos son conscientes de este poder, de este don de la gratitud. ¿Por qué no se ve como una ayuda a nuestro sufrimiento?

Tatanji tomó un sorbo de té y tomó a un gatito en brazos.

—Mira, Kripala, es el grado de conciencia del individuo lo que debemos vislumbrar. Al final, lo que nos pasa son experiencias. Vienen por nosotros, no contra nosotros. Si comprendes esto, cualquier evento estimulará tu crecimiento. Si no lo comprendes, cada experiencia se repetirá en otro aspecto hasta que sea aceptada. Son las reacciones ante la vida, la forma de pensar, lo que crea nuestro cielo o infierno en la realidad en la que vivimos.

»Cuando te traten de cierta manera, sea buena o mala, acepta lo que los demás digan de ti. Es su juicio, solo una reacción de su ser. La forma en que reaccionas a las críticas revela tu naturaleza, tu estado de conciencia. Esto es importante: tus reacciones a las acciones. Sé siempre agradecido. Todo llega por tu evolución.

—Podemos decir que, para quien la reconoce, la gratitud es una gran bendición —concluí.

—Ser agradecido es una gran bendición —confirmó—. Reconoce el valor y la belleza de la vida. Cuanto más agradecido le estés al universo, más te colmará de abundancia. Si quieres ser feliz, da bendiciones.

—¿Qué quieres decir?

—Dale tu bendición incondicional a cualquier persona que encuentres en la vida. Hónrala y deséale toda la felicidad posible.

—Sin embargo, no siempre es fácil considerar a todos amigos y ver solo su mejor aspecto —dije con ciertas dudas.

—En cambio, eso es exactamente lo que debes hacer, ver siempre el lado bueno de todo. Esfuérzate por encontrarlo en todas partes, tanto en las personas como en los eventos. Ofréceles a todos toda la felicidad de este universo, tanto si es un amigo como si no lo es. Déjales sentir toda la sinceridad de tu corazón por su bienestar. Esto cambiará todo, cada forma de negatividad ante cualquiera. A través de bendiciones incondicionales, podrás despejar todas las nubes de pensamientos negativos. Lo que realmente necesitamos es tener paz con nosotros mismos, y es también gracias a la gratitud que se manifiesta. Practica momentos de gratitud, abrázala y repártela por todas partes. Lo que importa en la vida no es tanto lo que sabemos recibir o dar, sino lo que podemos llegar a ser.

Tatanji se levantó y me di cuenta de que era hora de dejarlo por ese día.

—¿Cómo podré identificar mi comprensión o mi progreso en la conciencia de la gratitud? —pregunté antes de que se fuera.

—Si puedes dar gracias antes de que te llegue cualquier experiencia, entonces estarás listo. Vive el momento. Vívelo, nunca volverá. Disfruta cada instante. Bendice lo que viene y da gracias por lo que se va. Sé feliz.

Nos dijimos adiós. Tatanji se fue a su habitación mientras yo comenzaba a limpiar el suelo alrededor de las almohadas donde dormían los gatos.

4

Renace de tus heridas

M iré el reloj. Llegaba tarde, quizá por el cansancio de los días anteriores. Sin embargo, estaba orgulloso de haber sido bendecido con la sabiduría recibida en esos días. El poder de la gratitud había sido una verdadera revelación para mí. Instintivamente lo puse en práctica enseguida, agradeciendo al universo mi salud y lo que me estaba dando.

Me levanté rápidamente. Si no llegaba a tiempo, me perdería el desayuno. Me preparé y decidí saltarme mis prácticas de yoga para reducir la demora; las haría más tarde. Bajé las escaleras. Un gatito descansaba en mitad del corredor. Lo acaricié y lo tomé en mis brazos.

Entré en la sala, bajo la mirada atenta de Tatanji y Shanti, y coloqué al gato en su camita. Shanti sonrió, mientras que la mirada de Tatanji era seria.

—Buenos días a todos. —Me senté junto a ellos.

—*Namasté* —me saludó Shanti.

—Antes de desayunar, Kripala, tengo una pregunta para ti —dijo Tatanji—. ¿Has hecho tus prácticas habituales esta mañana?

—No, he llegado un poco tarde hoy, como has visto. He preferido saltármelas, de lo contrario no habría podido estar aquí con vosotros para desayunar. Las haré más tarde.

Tatanji me miró directamente a los ojos.

—¿Luego? ¿Cuándo?

Lo pensé por un momento.

—Hum... no lo sé —respondí—. Me tomaré un momento para mí cuando tenga la oportunidad. O, probablemente a última hora de la mañana, esté donde esté, me apartaré todo el tiempo que sea necesario.

Tatanji esperó unos segundos. Luego respondió, cada vez más serio:

—Las prácticas hay que respetarlas, debes saberlo. Se llaman prácticas diarias por una razón válida: se realizan todos los días, a la misma hora. Tienes que respetar tu tiempo y a la gente. Si no te has levantado antes y no has organizado bien tu horario diario, encuentra una solución, pero debes arreglarlo ahora. Esto es válido para hoy y para el futuro, de lo contrario podría volver a ocurrir —dijo con énfasis—. La disciplina se conquista con el hábito y con mente de hierro. La vida es una lucha entre nuestro lado instintivo y el más sutil. La elección es tuya sobre cuál quieres que prevalezca —agregó—. Ahora sube a tu habitación, haz tus prácticas con calma y sinceridad, y luego vuelve aquí.

—Tatanji, te pido perdón. Lo entiendo.

Incómodo, me despedí y regresé a la habitación. Después de una hora bajé de nuevo a la sala. Shanti y Tatanji ya habían terminado de desayunar. Me decepcionó no haber pasado un rato con ellos, pero recordaría la lección para más adelante y me aseguraría de que no volviera a suceder.

La enseñanza de esa mañana fue muy clara: la disciplina es fundamental.

Me senté en la sala de meditación. Tatanji llegó después de unos minutos y, riendo, desde la ventana observó durante un buen rato a un gato en el jardín que intentaba atrapar a un ratón. Me levanté y me puse junto a él. Los dos animales estaban enfrascados en una pelea muy intensa. El ratón era más grande que el promedio, pero el gato no parecía tenerle miedo; de hecho, quería capturarlo de manera metódica y decisiva.

—¿Ves? Está en la naturaleza del gato cazar presas —dijo Tatanji—. La vida es una lucha constante por la supervivencia, y esto también se aplica a los seres humanos. Si quieres saber cómo es la naturaleza de un hombre, míralo pelear.

—¿Qué quieres decir? ¿En una competición? —le pregunté.

—Sí, también, pero entiendes mucho sobre él por cómo se enfrenta a los desafíos personales. Sin competición no hay crecimiento. Nuestro verdadero yo se revela cuando luchamos en las batallas de la vida.

—Cuando dices el «verdadero yo», ¿te refieres a nuestra personalidad?

—Sí, exactamente.

—Pero ¿no hay otra manera de verlo?

—Claro, hay varias. Otra es cuando te otorgan mucho poder e influencia sobre otras personas: la forma en que interactúas con ellas revela tu naturaleza.

No entendí a qué se refería y me detuve un momento. Miré de nuevo el jardín. Los dos animales seguían peleando, parecían estar jugando, y quizá era un poco así.

—¿Puedes explicarme mejor lo que quieres decir con eso de que la naturaleza del hombre se revela cuando pelea? —le pregunté.

—Nuestra personalidad emerge durante las adversidades que nos pone la vida. Cuando se rompe un caparazón, sabes lo que hay dentro. Del mismo modo, solo «rompiéndonos» sabemos de qué sustancia estamos hechos —respondió—. A través de las adversidades, aprendes a descubrir y conocer tu verdadera esencia.

—Sí, lo entiendo, pero ¿las adversidades tienen un fin?

—Las dificultades acaban cuando somos conscientes de que podemos afrontarlas. Son el espejo de nosotros mismos y nos enseñan a superarnos. Estimulan nuestro potencial oculto.

Tatanji siguió observando la lucha entre el gato y el ratón.

—Nuestra naturaleza es semejante a una semilla escondida en la tierra que, al abrirse, emerge a la superficie.

Solo entonces reconocemos la planta. Así son los seres humanos: a través de las batallas de la vida descubrimos su fuerza, su tenacidad, su determinación, o su fragilidad y sus debilidades.

—Sinceramente, no creo que yo sea un gran luchador.

—No lo dudes, Kripala, en ti está el alma de un guerrero.

—¿Tú crees?

Tatanji asintió.

—Todo ser vivo tiene su propia importancia, desde la ballena jorobada más grande que surca los océanos hasta el ser unicelular más pequeño. Todo el mundo tiene una tarea: seguir su naturaleza. Encuentra tu *dharma*, Kripala. Lucha por tus sueños y sal victorioso.

No había palabras más emocionantes que pudiera oír ese día. Mi ánimo vibraba.

—¿Cuál es esa fuerza que nos hace ganar todas las batallas, que nos hace superar todos los obstáculos y que nos abre todas las puertas? —quise saber.

—El amor es la clave. No tenemos que hacer nada para encontrarlo, solo eliminar los miedos que lo aprisionan. Cuantos menos obstáculos haya entre el corazón y la mente, más profundo será el amor.

De nuevo, reflexioné sobre sus palabras mientras aún observaba la intensa pelea entre los dos animales, ahora tocando a su fin. El gato había atrapado al ratón bajo la pata y lo sujetaba con fuerza. El ratón estaba quieto.

—Kripala, echa un buen vistazo a la escena. —Tatanji señaló a los duelistas—. El gato ha ganado la batalla, pero no se comerá al ratón exhausto y herido; lo mantendrá atrapado con sus garras y no lo dejará hasta que esté cansado del juego. El ratón sabe que es mejor fingir que está muerto: si intenta escapar corre el riesgo de ser comido. Es un punto muerto momentáneo. Si el gato levanta la pata, el ratón permanecerá inmóvil. Cuando el gato se canse o se distraiga, el ratón saldrá corriendo.

Examiné la escena cuidadosamente. Poco después sucedió lo que Tatanji había predicho: el gato se cansó y, al oír sonidos detrás de él, se dio la vuelta, y el ratón aprovechó para escapar. Mientras tanto, Shanti, atenta a nuestra conversación, nos interrumpió.

—Disculpa, Tatanji —dijo—. ¿Cómo debemos ver nuestras heridas?

—Gracias al pequeño cuerpo extraño que hiere a la ostra esta transforma la impureza en una perla. Capa a capa, la herida cambia, se enriquece transmutándose en belleza —respondió—. Las heridas que sufrimos en las batallas de la vida no son más que capas de belleza en nuestra alma.

—Gracias, Tatanji.

—Lo importante es luchar —agregué yo.

Tatanji sonrió.

—Acepta los obstáculos que la vida pone en tu camino: ellos te mostrarán el camino correcto para transformarte en un hombre.

Seguí a Shanti hasta la salida.

—Ahora marchad —nos instó Tatanji—. De lo contrario, llegaréis tarde. Os veré esta noche.

Nos despedimos de él. Luego recogí la mochila, salimos del *ashram* y tomamos una ruta diferente a la habitual. Shanti me dijo que ese día visitaríamos otra zona de la ciudad. Pasaron unos minutos, luego rebuscó en su mochila y sacó una bolsa voluminosa. Me la entregó.

—¿Qué es? —le pregunté.

—Una parte del desayuno de hoy. No pensarás que te dejaría en ayunas, conociendo tu hambre sin fin.

Nos reímos.

—Obviamente con la aprobación de Tatanji.

—Muchísimas gracias —suspiré—. De hecho, no habría podido esperar hasta la noche. Se me habría ocurrido alguna excusa para ir a algún puesto de comidas.

Nos reímos de nuevo. Hacía unos minutos que caminábamos por las estrechas y concurridas calles de Varanasi.

De repente, Shanti se detuvo y se volvió hacia mí.

—Debo ser sincera. Desde que te vi por primera vez, una parte de mí se ha conectado con la tuya. Es algo que no puedo explicar. No he hecho nada, ha sido inesperado, espontáneo. Desde que te vi, me siento como en casa. —Me miró directamente a los ojos, como si quisiera escanearme el alma—. Soy incapaz de guardar silencio sobre lo que siento. Podría resistirme, pero resultaría derrotada. Siento una llamita en mí, pero de esas de las que nacen los incendios —susurró—. Me gustaría entender mejor lo que es.

No habría podido escuchar palabras más hermosas. No había nada más que quisiera oír.

—No digas nada —respondí emocionado.

Continuamos caminando en silencio. Estaba absorto en algo nuevo, desconocido. Era una atracción kármica, si pudiera describirse como tal. O una «atracción entre almas gemelas», como me dijo un amigo hace algún tiempo. Entrando en mi corazón, con ternura, Shanti había reunido coraje para decir lo que sentía, de una manera totalmente espontánea. No había nada más hermoso. Se había abierto a mí y me había mostrado la luz de su ser.

Cruzamos una calle adyacente a un templo, luego descendimos hacia el Ganges y llegamos a un *ghat* lleno de gente. Nos sentamos en los escalones y contemplamos el río.

—Esta es una zona muy popular. Varanasi es una ciudad sagrada y su río es su centro. El Ganges tiene su fuente en el norte, en las laderas de las montañas del Himalaya; luego serpentea a través de la parte noreste de la India hasta desembocar en la bahía de Bengala. Para la espiritualidad india, para todos los hindúes, este es el río más importante y sagrado, ya que es de origen divino.

»A menudo, los que viven en sus inmediaciones se llevan un poco de agua para tenerla en casa. Eso se considera favorable y propicio para toda la familia. El río forma parte de la historia de la India: en la antigüedad fue en sus orillas donde se libraron las mayores batallas. Hay muchas leyendas y cuentos sobre el nacimiento de este río. En una se dice que el Ganges siempre ha estado conectado espiritualmente con la diosa Ganga.

—Por eso a menudo se lo llama Madre Ganga o Gangaji —comenté.

—Exactamente, pero ahora tenemos que irnos. Esta noche, después del encuentro, volveremos para ver una de las celebraciones más hermosas que se realizan cerca del río.

—No puedo esperar.

Nos dirigimos a un área menos concurrida, y después de un rato Shanti se detuvo. Frente a mí había un gran recinto y, dentro, una gran casa con el cartel de un gimnasio de artes marciales.

—Hoy te quedarás aquí.

Shanti me dedicó un *namasté*, pero esa vez me armé de valor y la abracé. Ella no esperaba tal reacción y se sorprendió al principio. Entonces me devolvió el abrazo. Le agradecí de nuevo el desayuno, y ella me correspondió abrazándome aún más. Luego nos despedimos.

Entré en la propiedad a través de una gran puerta y un gran patio, y miré a mi alrededor. Un chico se acercó y me indicó que lo siguiera. En el patio, esparcidos por casi todos lados, al menos una treintena de hombres y mujeres practicaban un arte marcial que yo no conocía o, mejor dicho, que no reconocía. Inmediatamente pensé en las películas chinas clásicas, con gritos y peleas cuerpo a cuerpo, pero lo que estaba frente a mí también incluía saltos increíbles.

Me esperaba algo diferente.

Después de cruzar algunos pasillos, el chico señaló una vieja silla de madera frente a la entrada de lo que yo consideraba el gimnasio y me indicó que me sentara. Mientras esperaba, no dejé de admirar los increíbles movimientos de aquellos jóvenes guerreros.

Unos minutos después, llegó un hombre de mediana edad, de complexión delgada y pelo largo y suelto. Con una sonrisa en los labios, se inclinó levemente.

—Bienvenido, Kripala. Soy el maestro Arjuna. Espero no haberte hecho esperar demasiado. ¿Te apetece algo de beber? ¿Agua? ¿Un poco de té o un poco de leche de coco?

Me levanté de mi silla y le devolví la reverencia.

—Acabo de llegar y hace poco he desayunado. Gracias de todos modos.

Se volvió y le habló en bengalí a un alumno, que desapareció. Luego se volvió hacia mí y me indicó que lo siguiera.

—Esto que ves es una antigua arte marcial india. Algunos dicen que nació hace muchos milenios en el sur, quizá en el estado de Kerala. Es reconocida como la madre de todas las artes marciales, y eso gracias a unos valientes que la extendieron por todo Oriente. De ahí, con el tiempo, nacieron las demás artes marciales que hoy conocemos.

Nos sentamos en un banco cerca del campo de prácticas.

Todos los alumnos estaban enzarzados en un combate cuerpo a cuerpo.

—En la antigüedad, antes de combatir, el guerrero se retiraba a meditar y practicaba diversos rituales de purificación. Así preparaban su cuerpo y su alma para el enfrentamiento inminente —dijo Arjuna.

—Creo que es una hermosa forma de conciencia: el guerrero que acepta su destino y se prepara internamente —reflexioné.

—Sí, lo es. Alguna vez fueron llamados *ksatriyas* y formaban parte de los cuatro pilares o castas existentes en la India. De naturaleza noble, eran los defensores de la sociedad. Tenían coraje, fuerza, generosidad y determinación, todas cualidades que destacarían en la batalla. —El maestro se levantó—. Vamos, demos un pequeño paseo en silencio.

Mientras caminábamos por el interior del recinto, me mostró algunas áreas del centro. Permanecí en silencio, respetando su voluntad, aunque las preguntas surgían a borbotones en mi mente. Tomamos un sendero que conducía a un cuidado jardín. Después de unos pocos metros, una desordenada pila de ladrillos apareció frente a nosotros. Al lado, un pequeño lago, quizá un estanque, con algunos peces. No lejos de mí escuché voces: eran unos alumnos que cruzaban el jardín en dirección al gimnasio. Me miraron y me pareció que se reían.

No entendí qué les provocaba la risa.

Con una mirada seria y decidida, el maestro me hizo señas.

—Toma estos ladrillos y colócalos de manera ordenada, uno encima del otro, al lado del estanque. Solo a este lado. —Señaló el lugar—. Hablaremos después. Tendrás varias preguntas que hacerme, pero ahora tengo un compromiso y pronto comenzaré la lección con mis alumnos. Te veo después.

Me despedí de él. Quería que hiciera el trabajo con sumo cuidado, colocando los ladrillos con esmero, pero no estaba seguro de por qué. ¿Por qué yo y por qué en ese momento? Mientras buscaba respuestas, me fijé en que algunos alumnos relajados charlaban a poca distancia de mí. ¿Por qué no les había asignado el trabajo del estanque a ellos o a otros que habían vivido allí durante algún tiempo? Eso me molestó y hasta pensé en marcharme. Sin embargo, contuve las emociones para que nada se filtrara. Habría molestado tanto a Tatanji como a Shanti, quienes me habían cuidado y habían concertado la reunión con el maestro.

Reuní coraje, agarré el primer ladrillo y lo coloqué a unos metros frente a mí. Perfectamente en línea con el contorno del estanque. Continué con el segundo, el tercero, el cuarto y así sucesivamente. Pasó el tiempo y lentamente continué mi construcción, tratando de colocar cada ladrillo en simetría con el siguiente. Una vez que terminé una línea, continué con la siguiente fila. Quería demostrar que cumpliría con el compromiso asumido. Al final, solo era cuestión de construir un muro bajo.

Pasaron poco más de dos horas. Me dolían las manos y la piel de las yemas de los dedos se estaba agrietando. No estaba acostumbrado a manejar ladrillos. Coloqué el último encima, bien alineado con los demás, y miré con orgullo la pequeña obra. Perfectamente simétrica y perfectamente dispuesta. Todavía me regodeaba cuando llegó el maestro con una mirada severa e imperturbable.

—Me complace ver que has tenido éxito en la empresa —dijo.

—Sí. Pensaba que sería más difícil, pero creo que he hecho un buen trabajo.

—¿Crees que has hecho un buen trabajo? Bueno, me alegro. —Se acercó a la pared y la miró minuciosamente. Algunas palabras salieron de sus labios, en su mayoría *iachha!*, una expresión típicamente india. Mientras lo pronuncian, mueven levemente la cabeza, pero no está claro si es un gesto afirmativo o negativo. Unos momentos después, el maestro Arjuna apartó la mirada del muro y me miró fijamente, señalando un área de él—. ¿Ves ese pequeño espacio en la penúltima fila en la parte inferior? ¿Y ese otro de la fila de arriba? —Me agaché y miré en la dirección indicada. Había un espacio más grande que el resto en los dos puntos que me había señalado.

La mirada del maestro se volvió aún más severa.

—¡Hazlo todo de nuevo! Con más atención esta vez, gracias.

Yo estaba aturdido.

—Pero ¿cómo? —exclamé—. ¿Debo rehacerlo todo por ese pequeño espacio entre los dos ladrillos? Es absurdo, he tardado dos horas y media.

—Bien —respondió el maestro—. Asegúrate de tardar menos y de hacerlo con más cuidado. —Y se fue.

Me sonrojé de pura irritación, me hirvió la sangre. Quería dejarlo todo como estaba y marcharme. Todavía incrédulo, puse los ladrillos en el suelo, de cualquier manera. Pensaba de forma frenética, me dolía el alma.

¿Cómo era posible que el maestro no entendiera mi fatiga? ¿No mostraba ningún tipo de empatía hacia mí? ¿Por qué debía reconstruir el muro? ¿Quién me obligaba a hacerlo? ¿Para qué? ¿Qué razón había para volver a montarlo por una pequeña imperfección?

Me abrumaban las dudas y tenía la moral bajo tierra. Dos frases cortas habían logrado derribarme. Estaba convencido de que había hecho un buen trabajo y estaba orgulloso de ello, pero tendría que empezar de nuevo.

Mientras tanto, algunos alumnos que habían presenciado la escena desde lejos me miraron y sonrieron. Decidí que no me importaba lo que pensaran, solo quería terminar lo más rápido posible. Empecé la construcción de nuevo. El maestro pasó varias veces y me ofreció un poco de té que bebí con gusto.

Tardé dos horas, en detrimento de mis manos, entonces doloridas, pero estaba orgulloso del resultado. Era una pared mejor que la anterior. Me senté y esperé a que llegara el maestro Arjuna. Pasaron unos minutos, luego media hora. Trataba de mantener la calma, pero estaba impaciente.

Finalmente, llegó el maestro. Se paró frente al muro y lo examinó. Se inclinó, observó un ladrillo.

—¿Ves esta pieza? Está mal. —Miró con más detenimiento—. Esta también, y más abajo igual. —Señaló las esquinas superiores de varios ladrillos: estaban astilladas—. Rehazlo todo, y ten cuidado de utilizar solo ladrillos intactos, gracias. —Y me ofreció una leve sonrisa.

Incrédulo, quise discutir, pero respiré hondo para calmarme y lo dejé pasar. Mientras se alejaba, le dije:

—Tengo las manos heridas y me duelen los músculos de los hombros. Estoy cansado, ¿cómo puedo reconstruirlo así? Si al menos pudiera ponerme un par de guantes...

Arjuna volvió a mí con una tierna sonrisa.

—Por supuesto. —Me mostró dónde estaban—. De hecho, me preguntaba por qué no los habías pedido antes de empezar —añadió, y se marchó.

Me enojé. Estaba realmente a punto de irme.

En ese instante pasó por delante de mí un alumno que notó mi evidente enfado y mi desánimo.

—Yo lo reconstruí seis veces, luego comprendí —me dijo antes de seguir caminando.

Calmé los torbellinos de mi mente, inhalé varias veces y traté de concentrarme. ¿Qué había querido decir con «luego comprendí»?, me pregunté. ¿Qué había que comprender en el acto de construir un simple muro? Seguí trabajando, recogiendo de nuevo los ladrillos esparcidos aquí y allá por el suelo. Sin embargo, la frase del chico seguía resonando en mi mente.

De repente, tuve una epifanía. ¡Claro, por supuesto! ¡Era una prueba! Mi ego se había apegado a la «vanidad», quería demostrar que yo construiría un bonito muro. Además, tenía el deseo imperioso de hablar con el maestro, en lugar de quedarme allí parado.

Era el ego. El único obstáculo era yo, no el muro. En realidad la prueba era conmigo mismo.

Me detuve, respiré y tomé conciencia de dónde estaba y cómo estaba. Agradecí poder aprender de esa experiencia, agradecí el ejercicio que me estaba manteniendo en forma. Agradecí el dolor que me recordaba mi fragilidad. Mentalmente agradecí a Kritajina, quien, a través de sus enseñanzas, me animaba el alma. Ahora estaba feliz de haber conocido al maestro, porque lo había entendido. Estaba feliz de estar allí, en ese momento y sin expectativas. También le di las gracias mentalmente a Sanjay.

Ser y no quejarse. Acogerlo todo.

Un sentimiento de serenidad se hizo cargo de mi ser. Bastaba poner en práctica las enseñanzas recibidas en aquellos días y la perspectiva cambiaba a mejor. La alegría y el sufrimiento se originaron en mi forma de pensar.

En ese momento llegó el maestro Arjuna. Me miró, se dio cuenta de que había entendido, sonrió y me dedicó un *namasté*. Le correspondí dándole las gracias. Señaló un banco cercano.

—Vamos, sentémonos allí. —Me dio una cantimplora de agua fresca, que bebí con gusto.

Nos sentamos. Estábamos justo al otro lado del estanque, lejos de los ruidos de los alumnos.

—Estoy feliz con tu presencia aquí —dijo, mirándome a los ojos—. Ahora comprendes, he notado tu cambio.

¿Estás listo para escuchar lo que quería decirte? ¿Qué ha pasado con tu ego después de que te dijera que reconstruyeras el muro la primera y la segunda vez?

—Estaba enojado contigo y conmigo también. No quería rehacer la pared. No me gustaba estar allí solo. Realmente no me gustaba nada.

—Sí, puedo entenderte.

—No quería reconstruir el muro por segunda o tercera vez. Estaba en conflicto.

—No desees y serás libre para ser.

—¿Qué quieres decir?

—Me gusta y no me gusta, bello y no bello, querer y no querer: son elecciones. Tu negativa a rehacer el muro era una elección. Nuestras resistencias no son más que límites. En la medida en que permitimos lo que llega, las resistencias desaparecen.

—La solución estaba en la aceptación —observé.

—Si al principio hubieras acogido con confianza el lugar, la experiencia, la situación, tu mente habría estado más serena y lista para reconstruir sin resistirte. Cuando le das la bienvenida a todo, hay serenidad. La no aceptación crea sufrimiento.

—Me he «aferrado» al deseo de demostrar que era bueno, que cumpliría con tus expectativas; además, construir un muro bajo no me despertaba ningún interés.

—Si no te aferras a nada, no tienes nada que perder. Si no tienes nada que perder, tienes todo a tu disposición. Si tienes todo a tu disposición, eres libre de ser. En el yoga existe la práctica del karma yoga: te enseña el desapego, el concepto de no pensar en el resultado como en una meta. El secreto de esta antigua forma de vida es que tú no eres el hacedor. Al no actuar, no tienes expectativas de ningún tipo. Ofrece el resultado de tus acciones al universo, a la Conciencia Suprema. Actúa, pero no actúes.

—¿Cómo podría haber cambiado el estado mental que estaba sintiendo? —le pregunté.

—Así como amas lo que te gusta, aprende a amar también lo que no te gusta. Es una lucha con una parte de nuestro ego, aunque en realidad sea una elección. Has decidido que no te gusta este trabajo porque habrías preferido hablar conmigo. Ese deseo te ha llevado al conflicto y por lo tanto al sufrimiento mental.

—Sí, exactamente. Entonces ha ocurrido el cambio. Gracias a un poco de ayuda, me he dado cuenta de que era necesario cambiar mi perspectiva, mi manera de pensar sobre lo que estaba pasando en mí. He decidido verlo todo como un desafío divertido, casi como un juego. Mi percepción negativa ha desaparecido al instante.

—Somos los arquitectos de nuestro mundo. Todo está en nuestra mente.

—Sí, estoy totalmente de acuerdo. A medida que pasan los días, empiezo a entender esa frase. Sin embargo, me gustaría que me explicaras mejor lo que has dicho antes. Amar lo que no gusta es difícil de lograr, al menos para mí.

—Es un recorrido, un cambio en la forma de ser. Es el primer paso de un viaje que te llevará a comprender quién eres. Con la perfección continua, intentándolo una y otra vez, se logran las máximas habilidades. Si quieres aprender algo y dominarlo, sumérgete en ello por completo. No tengas otro pensamiento. Deja de lado cualquier otra distracción. Ese es el camino al éxito en cualquier campo.

—Pero he sentido dolor físico —protesté.

—¿Y quién no lo siente? ¿Estamos libres de dolor? ¿Y cómo lo usas? ¿Para crecer o para quejarte? Cuando tu ser está limpio de dolor, estás en el camino correcto, ya que no hay otra curación del dolor que el dolor mismo. Puede haber momentos difíciles, pero pasarán. Nada dura para siempre. Recuérdalo. El dolor se origina en el cuerpo, el sufrimiento es mental. Los guerreros se entrenan en el dolor. Se forjan y se transforman.

—Es verdad. Muchas veces huimos del sufrimiento, queremos situaciones diferentes a las que vivimos. Nos incomodan, porque no las entendemos —dije.

—Saber distinguir siempre lo inmutable de lo efímero. Los deseos son muchas veces fuente de sufrimiento porque están cargados de expectativas incumplidas. La felicidad se encuentra en el presente y en una mente sencilla y serena. El dolor, en cambio, te fortalece, te hace llegar a tu límite. Más allá hay un nuevo yo —concluyó.

—¿Cómo puedo superar mis límites?

—Cuando llegues al límite, ya sea físico o mental, entenderás su lección. Cuando el sufrimiento te toca profundamente, lo único importante es aceptarlo, aceptarlo por lo que es. Entonces ya no será un obstáculo, sino que se transformará en una fuerza para seguir luchando. A menudo no vemos la solución pero está ahí, disponible para mostrarse tan pronto como estemos listos para reconocerla. En las llamas puedes encontrar calor o quemarte; el equilibrio crea la diferencia. En el equilibrio está la solución. En el equilibrio se supera el obstáculo. El guerrero sabe que toda experiencia sucede a su favor, no en su contra.

»Ve cada obstáculo como un desafío y cada desafío como una bendición, un regalo para su alma. Acepta cada prueba como la sabiduría de un maestro, reconoce sus enseñanzas. Depende de ti inspirarte y beneficiarte. Los únicos límites los crea la mente. Derriba los muros que te impiden transformarte en quien eres. Encuentra al guerrero que hay en ti. Haz algo que no te guste. Rétate a ti mismo. Si tienes fe en ti mismo, tienes todo lo necesario para superar cualquier obstáculo. En la fe encontrarás la energía y la fuerza para continuar el camino. Y recuerda que el corazón de un guerrero es bondadoso y compasivo.

—¿Cómo podemos ser amables, compasivos y guerreros al mismo tiempo?

—Si las acciones son amables, abrirás los corazones. Si las palabras son amables, darás confianza. Si tus pensamientos son amables, serás sabio. Aprende a desarrollar tu sensibilidad y al mismo tiempo aumenta tu fuerza interior.

—¿Cómo?

—A través de los desafíos de la vida, es decir, los esfuerzos que moldean tu carácter y te moldean internamente.

Nos quedamos en silencio durante unos minutos. Esto sucedía en cada reunión, y comencé a apreciarlo. Momentos de completo abandono, de interioridad.

—¿Hay otras formas de convertirse en un guerrero? —pregunté después de unos diez minutos.

—Desarrollar constantemente las tres pes a través de la práctica continua.

—¿Qué son?

—La paciencia de un monje, la perseverancia de una gota de agua y la pureza de un niño —explicó Arjuna—. La paciencia te ayudará a ser humilde y sencillo en lo que haces. La perseverancia te ayudará a fortalecer tu determinación. La pureza te ayudará a ser auténtico.

—¿Así que depende de mí convertirme en un buen guerrero?

—El jarrón es solo un contenedor; es lo que metemos en él lo que le da valor. ¡Brilla con tu luz interior, Kripala!

—Pero, entonces, ¿quién es el verdadero guerrero? —le pregunté.

—Encontrarás tantas respuestas como maestros que encarnan sus ideales. Un guerrero es aquel que lucha todos los días para encontrarle sentido a su existencia. Todos aquellos que tienen mil razones para abandonar, pero eligen luchar, son guerreros. Guerreros son aquellos que transforman su fuerza en bondad. Los que luchan por el bien de la sociedad son guerreros.

»Los que levantan el ánimo son guerreros. Guerreros son aquellos que nunca dejan de creer en algo mejor, que encuentran la fuerza para luchar en cada momento. Guerreros son los que cargan sobre sí la responsabilidad de una familia, de los hijos, del trabajo. Cualquiera que conozcas puede serlo. —Me miró directamente a los ojos y susurró—: Encuentra tu potencial, encuentra tu don, dale sentido a tu vida.

—Estoy de acuerdo con lo que dices, pero es difícil conseguir luchar —comenté. Me quedé en silencio por unos momentos—. ¿Qué nos hace levantarnos después de una caída? ¿Qué fuerzas nos apoyan cuando el mundo que nos rodea quiere aplastarnos?

El maestro mostró una dulce sonrisa antes de contestarme:

—Encuentra la fuerza en la voluntad y la fe. Fe en salir victorioso y voluntad de levantarte siempre. Recuerda de dónde vienes: eres hijo del universo. Nada puede vencerte.

—Maestro Arjuna, creo que debo corregir mi manera de pensar. No digo que esté mal, pero por lo que he entendido de ti y de Tatanji, debo mejorar algunos pensamientos para ser lo que quiero ser.

—Exactamente. Así como un espejo refleja la imagen que tiene delante, del mismo modo la mente refleja tus pensamientos. El mundo exterior no es más que el espejo de nuestro mundo interior, de nuestra forma de pensar y de ser. Cuando cambies tus pensamientos, la realidad que te rodea también cambiará. Los únicos obstáculos están en nuestra mente, como también las soluciones. Recuerda a cuántas batallas te has enfrentado y cuántas has superado hasta ahora y de las cuales has salido victorioso.

—A menudo he tenido miedo. He sido derrotado —le confié.

—Las derrotas nos recuerdan que debemos ser humildes y nos empujan a encontrar nuevas soluciones. Generan belleza, nos dan nuevas ideas para crecer. El miedo no es más que una ilusión creada por la mente.

—¿Cómo puedes superarlo?

—Míralo a la cara, desafíalo. Es solo energía negativa que has alimentado tú. Cambia tu forma de pensar y le darás un rumbo diferente a esa energía.

—¿Necesito ser más consciente de eso?

—Cuando eres consciente de tu miedo, le quitas el poder que tiene sobre ti. Puedes tomar su fuerza y usarla para un propósito superior.

Arjuna miró a su alrededor; luego, observando el suelo debajo de él, buscó entre los arbustos. Recogió algo cerca de sus pies que no pude ver.

—Cierra los ojos y abre las manos. —Tomó mis brazos y los levantó hasta mi pecho. Puso algo primero en una mano, luego en la otra—. Cierra las manos con suavidad.

Algo vivo se movió en ambas manos.

—Ahora abre los ojos y las manos suavemente.

Lo obedecí. En una mano vi una mariposa, en la otra una araña peluda. Sorprendido por la araña, instintivamente la dejé en el suelo.

—¿Por qué has dejado ir a la araña? —me preguntó Arjuna.

—Porque tenía miedo de que pudiera picarme.

—¿Cómo sabes que esta araña pica?

—No lo sé, he pensado que era así. Por lo que recuerdo, la mayoría de las arañas pueden picar o ser venenosas, creo.

—Tu conocimiento te ha dicho que soltaras la araña para defenderte. Aunque no conoces su especie, lo has preferido así.

—Sí, exactamente.

El maestro señaló la otra mano y la mariposa.

—Pero aún conservas la mariposa, ¿por qué?

—Porque no creo que me haga daño. Las conozco, las mariposas son...

—Te equivocas —me interrumpió—. Esta es una especie diferente y hermosa, pero de sus alas se desprenden unas escamas urticantes para los humanos. Es un mecanismo de defensa particular.

Automáticamente, también coloqué la mariposa sobre una flor, y unos instantes después se fue volando.

El maestro se rio.

—¿Por qué la has dejado ir?

—Por lo que me has dicho he pensado que podría lastimarme.

—El miedo ha llegado después de que te haya dicho qué tipo de mariposa es —dijo.

—Sí, exactamente.

—Sus escamas urticantes no están activas durante este período. En cualquier caso, has tenido respuesta a tu pregunta inicial: el miedo se vence también con conocimiento y valentía. Los que saben no tienen miedo. La araña era inofensiva, pero para tu conocimiento era peligrosa, mientras que la mariposa era peligrosa, pero para tu conocimiento era inofensiva y la sostenías en tu mano. La mayor aflicción de la humanidad es la ignorancia. La mayoría de nuestros miedos se deben a la ignorancia sobre nosotros mismos y lo que no sabemos. De hecho, nunca debemos tener miedo.

—¿Cómo puedo superar mis miedos, entonces?

—Acéptalos en ti. Aceptándolos desaparecerán.

Reflexioné sobre sus palabras mientras el maestro conversaba con un joven que pasaba y lo ponía al tanto de la situación de sus alumnos.

—¿Cuáles son las principales cualidades de un guerrero? —le pregunté cuando volvió a mi lado.

—El perdón y el amor. El perdón enseña humildad y presencia. El amor enseña fuerza y compasión por todas las criaturas vivientes. Todo esto lleva al guerrero a comprender que las pruebas de la vida están hechas para elevar el espíritu de un estado en bruto a un estado más sutil. Después de una prueba, viene la siguiente. La vida es una buena maestra. El guerrero está agradecido por todo esto.

Arjuna se levantó, mientras me informaba de que se estaba haciendo tarde y que tenía otros compromisos con sus alumnos. Le agradecí el tiempo que habíamos pasado juntos y sus enseñanzas. Antes de irse, se acercó a mí.

—Te he enseñado lo necesario. Estas nociones, aunque pequeñas, como semillas, crecerán exuberantes en ti, dándote fuerza y coraje. Día tras día, te transformarás en un guerrero. Las grandes metas requieren un gran esfuerzo, pero recuerda: ninguna adversidad puede ser mayor que tu voluntad. Todo en el universo es un desafío. Como la flor de loto que, mientras crece en el barro, florece en la superficie con belleza y fragancia, así el alma a través de las dificultades de la vida se eleva luminosa para brillar en todas partes.

Nos dijimos adiós. Miré a mi alrededor por unos momentos y busqué el camino de regreso. Acababa de salir del gimnasio cuando, lejos entre la multitud, vi a Shanti. Llegó sonriendo.

—Ni siquiera el sol habría podido iluminar tu sonrisa tanto como cuando me has visto —le dije en un suspiro.

Ella se sonrojó y bajó la mirada.

Le tomé las manos y las llevé a mi pecho.

—Discúlpame de nuevo, pero eso es lo que siente mi corazón.

—No tienes que disculparte. Lo que siente el corazón hay que expresarlo, siempre y sin miedo. El verdadero amor transforma, nos hace mejores. Todo lo que nos rodea florece. —Levantó la cabeza y me miró a los ojos—. Quiero que sepas que, en medio de todas estas almas que nos rodean, la mía y la tuya se han encontrado. Si no fuéramos tan parecidos, no habría habido posibilidad de reconocernos. Lo que se unió en el pasado se vuelve a unir ahora y se unirá en el futuro. Estos encuentros son concebidos por el universo por una razón específica: evolucionar en una dirección, hacia el amor.

Ella sabía leerme, leerme por dentro. Siguió con delicadeza las líneas de mi corazón, manteniendo el contacto para no perder el hilo que nos unía.

Me sonrió.

—Yo siento lo mismo —respondí, devolviéndole la sonrisa—. Ambos sabemos que estás prometida. Por un lado, no es correcto que te lo diga; en cambio, nada ni nadie podría impedirme decir lo que siento. Pero entiendo la situación.

—Tengo que hablar con él de nuevo, como te mencioné. He decidido no casarme. Es comprensivo, es un alma rara. Ahora puedo ser más coherente con lo que siento. ¿Entendiste por qué te dije lo que siento?

No creía lo que estaba oyendo. El corazón me dio un vuelco. Nos sentamos en un banco, en una calle con poco tráfico.

—Cuando comencé a ayudar a Tatanji, no estaba acostumbrada al estilo de vida del *ashram* —continuó Shanti—. No entendía la importancia del lugar donde estaba y, sobre todo, en compañía de con quién estuviera. La situación me incomodaba, tanto por la novedad como porque había crecido en un ambiente donde todo me resultaba fácil. Un día estaba destrozada, abatida, con dolor en el corazón, y estaba sola, acurrucada en un rincón cerca de la sala de meditación.

»Estaba triste y dolorida porque me sentía sola, como si estuviera siendo castigada. Quería irme a casa. Cuando Tatanji pasó por allí y me oyó llorar, se acercó y me susurró: «El alumno huye del dolor, pero cuando lo comprenda y lo acoja en sí, permitirá que lo purifique y lo eleve, será su maestro». Me dio una parte del postre que se estaba comiendo y, en silencio, junto a él, mi alma se calmó.

»Al principio no entendí el significado de sus palabras, pero después de un tiempo comprendí su importancia. Te digo esto porque un día Tatanji me habló de ser valiente en el amor y nunca tener miedo al sufrimiento. Agregó que hay tres tipos de coraje cuando uno ama. El primero es el coraje de quitarse la armadura, destrozando los miedos. Cuando amas sinceramente, no debería haber barreras. El segundo es el coraje de aceptar la propia vulnerabilidad. Prepárate para abrirte, confiar, aceptar tanto los dolores como los placeres.

»El tercero es el coraje de permanecer libre en el propio ser sin depender de nadie, sin dejar de amar totalmente. Entonces puedes decir que eres valiente. Recuerdo una de sus frases en particular: cuando se ama incondicionalmente, cada acción está en función de la alegría del amado. Lo importante no es perderse sino encontrarse en uno mismo, pues el amor ya está en nosotros.

Cambió de tema y me preguntó cómo había ido el día en compañía del maestro Arjuna.

Le respondí que había sido una prueba difícil.

—Poder entender la cuarta revelación y hacerla mía no ha sido fácil, pero he entendido el concepto de dolor físico y sufrimiento mental. Me ha ayudado a comprender el valor de la evidencia y su importancia para el crecimiento interior.

Shanti se quedó en silencio durante unos instantes.

—Tatanji me dijo hace mucho tiempo que en la vida suceden eventos dolorosos que nos ponen a prueba de maneras extremas —prosiguió—. Estos eventos nos dan la oportunidad de reflexionar y comprender si nuestro camino va en la dirección correcta o si debemos cambiar de rumbo, dando un giro a nuestra vida, o incluso si tenemos que enfrentarnos a ellos para superar lo que somos, transformándonos en algo diferente, mejor.

Tenía curiosidad acerca de por qué Tatanji la había llamado «alma luchadora», y se lo pregunté.

—Sí, lo soy, pero es importante entender el significado de la palabra *luchadora* —respondió—. «Una luchadora espiritual es aquella a quien nunca encontrarás muda ante las injusticias. Nunca le verás una mirada gacha frente a la necesidad de los demás, sino unas manos abiertas para ayudar. Una luchadora es aquella que elige el trayecto sin sendero y vive en la libertad de ser siempre ella misma. Ella es quien hace de la desobediencia un acto de desafío por el bienestar de todo ser vivo. Esta es el alma de la luchadora espiritual. Esto es lo que soy.

Nos quedamos en silencio durante unos minutos. Sus palabras confirmaron lo que había adivinado sobre ella. Era un alma valiente, no huía ante las adversidades: se sumergía en ellas. Se zambullía como quien salta desde el acantilado para hundirse en el mar. Le atraían los desafíos, porque era a través de la emoción como podía vivir esos momentos en total presencia. Ser luchadora era su vestimenta para presentarse ante el mundo, y se sentía bien con ese vestido, le quedaba como un guante, como si lo hubiera llevado siempre puesto, como si lo hubieran cosido para ella.

—Tatanji me dijo una vez que en la vida puedes elegir ser un espíritu obediente o un espíritu valiente —continuó—. Los espíritus sumisos siempre tienen una excusa para no hacer, para quejarse, para no ser. Los espíritus valientes están listos para asumir sus responsabilidades, para cambiar su suerte y mejorar la de los demás.

—Sí, estoy de acuerdo.

—Ser espíritus valientes nos empuja a superarnos, a convertirnos en guerreros.

Le pregunté a Shanti si tenía alguna crema y le expliqué que el trabajo del muro me había irritado la piel de las manos. Asintió. Sacó un poco de crema ayurvédica de su mochila y me frotó las partes más enrojecidas. Dejé que lo hiciera y, poco a poco, me di cuenta de que el dolor de las heridas mejoraba.

—Ahora es un buen momento para marcharnos, pronto se pondrá el sol —dijo, levantándose—. Te llevo a ver un lugar hermoso, como te he prometido esta mañana.

Después de un corto paseo, llegamos a una escalera del Ganges. Tomamos el bote de un amigo y nos metimos en el río, no muy lejos de la orilla pero lo suficiente como para ver toda la zona del *ghat*.

—¿Qué quieres mostrarme? —le pregunté.

—Hay dos puntos principales donde puedes presenciar las hermosas celebraciones del *Ganga Aarti*: al amanecer en Assi Ghat y al atardecer aquí, en Dashashwamedh Ghat. Este no es el *ghat* más conocido, pero sin duda sí el más impresionante. Lo que hizo famoso a Varanasi es indudablemente el *gath* apodado «Ardiente».

—Se está bien aquí en el bote —exclamé—. La vista es espectacular y tienes otra perspectiva de la orilla y de los templos.

—Sí, pero lo mejor está por venir. En este *ghat*, todas las tardes después de la puesta del sol, comienza el Ganga Aarti. Muchos *shadus*, peregrinos, mendigos y monjes se reúnen en estas playas. Miles de luces flotantes se depositan sobre el agua, creando un espectacular efecto de iluminación; también por esto Varanasi es conocida como la «ciudad de la luz». Aquí, como has visto, también vienen a incinerar a sus seres queridos. —Shanti señaló la puesta de sol detrás de mí—. Observa. La luz del día está a punto de irse, ahora comienza la magia de Aarti. La multitud guarda silencio. Las luces de los *ghats* se apoderan de la oscuridad. Los sacerdotes encienden sus lámparas. La ceremonia está a punto de comenzar.

—¿Cuánto dura?

—Un poco menos de una hora. Pero la sensación de calma y espiritualidad que emana de ella es una experiencia única.

Seguimos mirando mientras Shanti me explicaba los distintos pasos.

—La ceremonia la llevan a cabo unos sacerdotes vestidos con túnicas de color azafrán cerca de la orilla del *ghat*. ¡Ahí, mira! —exclamó—. Los movimientos circulares de los sacerdotes giran en sincronía con las lámparas. Es un importante ritual de la filosofía hindú. La celebración suele llevarse a cabo en los cuatro puntos cardinales para recordarnos que nuestra alma es infinita. Al participar en las celebraciones, también obtienes las bendiciones tan esperadas.

—Huelo un fuerte aroma a incienso y a flores.

—Sí, es parte del ritual. Las flores son ofrendas, y el incienso para hacer llegar las oraciones al cielo. De manera reducida, esta ceremonia también se realiza en las propias casas frente a las representaciones de las deidades o en alguna festividad local.

—Todo es muy llamativo —observé.

—La religión ha penetrado profundamente en la vida cotidiana. Para los hindúes es significativo y debe celebrarse.

—¿En qué consiste cada acto individual, desde el nacimiento hasta la muerte, y qué significa la palabra *aarti*?

—En sánscrito significa 'acción que disipa la oscuridad'. Es una costumbre muy antigua. Se dice que este tipo de ritual data de hace cinco mil años o incluso más.

—Es hermoso y evocador —declaré—. Ahora entiendo por qué hay tantos turistas fascinados.

—Sí, lo es. Comienza con la respiración en la concha sagrada, la cual emite un sonido místico que impregnará el área; luego continúa con las varitas de incienso y con las lámparas de fuego, mientras se cantan los mantras sagrados. Se ofrecen algunos objetos a las diversas divinidades que, según la tradición, representan los elementos del mundo material. Y, gracias a la ceremonia y las bendiciones, estos objetos se transforman en dones divinos.

Nos quedamos en el bote hasta que terminó la ceremonia; luego llegamos a la orilla y caminamos de regreso al *ashram*. Después de unos minutos, Shanti hizo un movimiento inesperado que me dejó sin aliento. Tomó mi mano. Fue solo un pequeño gesto, nada especial, pero cuando la sostuvo entre las suyas, mi corazón vibró. Algo en mí se estaba disolviendo. Sostener su mano y apretarla en la mía refrescó mi alma. No había nada más que pudiera desear en ese momento.

Al llegar al *ashram*, Shanti se despidió de mí por ese día.

—Si podemos, uno de los próximos días nos levantamos temprano y te llevo a ver Assi Ghat.

—Vale, cuento con ello. Gracias.

Después de una breve ducha, corrí a la sala de meditación. Tatanji me esperaba. Me senté frente a él y medité en su compañía. Cuando terminé, me preguntó si estaba bien y si era feliz.

—Sí, Tatanji, gracias. Ha sido un día ocupado.

Me sonrió mientras acariciaba a un gato que pasaba por su lado.

—Ahora ya te has convertido en un gran guerrero —dijo, y nos reímos, pero enseguida nos pusimos serios—. Una flecha, cuando se lanza —continuó—, está sujeta a dos fuerzas opuestas: la de la gravedad, que la empuja hacia abajo, y la de la resistencia del aire, que la frena. La fuerza de nuestro brazo, al tirar de la cuerda del arco, debe ser mayor que las otras dos, si queremos que la flecha llegue al blanco. Así es también en la vida. Siempre debes vencer fuerzas opuestas para conseguir lo que quieres: es una ley de la naturaleza. Donde hay movimiento, hay fricción.

—¿Y lo contrario también es cierto? ¿No puede haber movimiento sin fricción?

—Exactamente. La fricción es necesaria, afina nuestro ser, nos empuja a cambiarnos a nosotros mismos, a ser más fuertes. Las más grandes personalidades han vencido las fuerzas opuestas que el destino les puso por delante. Lucharon por alcanzar sus ideales. En el sacrificio, elevaron su ser. Esos son los verdaderos guerreros.

—¿Entonces el acto del sacrificio es lo que nos eleva?

—Con el sacrificio vuelves sagrada la acción que realizas. En el sacrificio el ego se arrodilla y el alma se eleva. Lo que inicialmente aparece como sufrimiento se convierte en un noble acto de ofrenda por un bien mayor. Cada sacrificio genera una transformación y cada transformación genera una nueva conciencia. Acepta las penalidades de tu devenir, como el ave fénix acepta renacer de sus cenizas.

—Entiendo, Tatanji. Entonces, ¿cómo debo considerar cada experiencia que nos llega?

Permaneció en silencio y cerró los ojos. Esperó unos instantes y volvió a abrirlos.

—Considera cada experiencia como un acto sagrado, acéptalo como una lección. Entiende su mensaje oculto. Cada experiencia sucede para ti, no contra ti. Cuando en la acción ya no hay separación entre el yo y la Conciencia Infinita, hay una conexión con lo absoluto. Lo que antes estaba dividido ahora está unido.

En ese momento fui yo quien guardó silencio y cerré los ojos. La última frase me impactó. Había mucho que entender en ella.

Lo establecí en mi mente como se fija un recuerdo importante en el corazón: con amor y respeto.

Tatanji rompió mi quietud para continuar la conversación.

—Cada desafío trae consigo el valioso regalo del cambio. Es un regalo porque te transforma en algo mejor y lo has ganado a un alto precio. Verás, Kripala, cada batalla que ganamos nos lleva a una nueva creación de nosotros mismos. Cuanto más subamos el listón del desafío, más difícil será el «salto» y llegar al límite. A veces saltar es fácil, a veces no podemos. Pero no tenemos que rendirnos. El desafío volverá a surgir, tenlo por seguro. Tal vez en otra forma, pero volverá.

»No estés triste o abatido si a veces no superas los obstáculos, si no aciertas en tus propósitos. Recuerda: son las cicatrices lo que da valor al guerrero. Cuentan las batallas a las que sobrevivió y que lo transformaron en lo que es. Luchó, sufrió y se levantó. Recoge los pedazos de tus derrotas y construye un nuevo tú mismo. Así como la arcilla se modela en el torno para dar forma al jarrón, nuestro ser se templa a través de los desafíos. Cuando ganamos una batalla, una nueva conciencia se apodera de nosotros.

—Hoy el maestro Arjuna me dijo que las adversidades, en efecto, nos revelan. Nos hacen saber lo que realmente somos. Debemos estar agradecidos por eso porque descubren partes de nosotros que no conocíamos. Pero creo que yo me conozco a mí mismo.

Tatanji sonrió.

—¿Crees? ¿En el sentido de que no estás seguro? Es difícil conocerse, se necesita toda una vida. Empuja tus límites. Sal de tu seguridad. Haz algo que no te guste hacer. Solo entonces desafiarás a tus sombras, solo entonces lucharás de verdad, solo entonces comprenderás quién eres. La verdadera batalla es contra ti mismo. Sé agradecido con aquellos que te ofrecen la oportunidad de desafiarte a ti mismo.

—¿Agradecido? ¿Qué quieres decir? ¿Por qué debo dar las gracias a los que me ponen en dificultades? —pregunté con curiosidad.

—Porque te llevan a conocerte a ti mismo. —Tatanji permaneció unos segundos concentrado—. Te pondré un ejemplo. Cuando estás en medio de un gran lago, solo y sin ayuda, pueden pasar tres cosas: puedes ahogarte, flotar o nadar hasta la orilla. Del mismo modo, en la vida puedes decidir dejarte vencer, en el sentido de abrumarte, o abandonarte al fluir, dejarte llevar por la vida, pero debes estar conectado con ella. O decides luchar y enfrentarte a la situación.

—¡Es verdad! —exclamé—. Veo esas actitudes en las personas todos los días.

—Exactamente, Kripala. Nuestras victorias viven escondidas en nuestras pruebas. Y por eso las dificultades afectan siempre a nuestra fragilidad. De nosotros depende transformarlas en fortalezas.

—Se necesita tiempo para aprender.

—Claro, pero al final, si realmente lo queremos, lo lograremos. Primero debemos aprender a sacar de nosotros lo que está mal, y luego reemplazarlo con lo que está bien. Así como la serpiente muda su piel vieja, del mismo modo debemos aprender a deshacernos del pasado, a dejar ir lo que nos ata y ya no nos sirve. Solo así encontraremos el espacio necesario para recibir y acoger lo nuevo. Por eso el noble guerrero lo acepta todo de la vida. Oportunidades, dificultades, alegrías o sufrimientos, no se arrepiente de nada. Sé un guerrero tú también, Kripala, da lo mejor de ti.

—Haré lo que sea necesario para serlo, Tatanji.

—El esfuerzo es necesario. El sacrificio, como el amor, es la base de todas las disciplinas espirituales. Sin esfuerzo y amor sincero, no hay progreso. ¡Lo contrario es apatía!

—A menudo enfatizas esta frase: el esfuerzo es necesario, siempre.

—Para vencer cada desafío, aprende con la mente de un niño, entrena con la mente de un ganador, actúa con la mente de un guerrero. Esfuérzate con sabiduría, siempre hasta un paso más allá de tu límite. Tu hogar es el cielo y tu destino el infinito.

—Lo haré, Tatanji.

—Aprende las seis reglas de un buen guerrero. Sé simple. Medita. Aprende todos los días. Mantén elevados tus pensamientos. Ayuda a los demás. Levántate siempre. El guerrero aprende de sus errores, los acepta porque son parte de su progreso. Está agradecido porque le recuerdan que debe ser humilde. Le muestran en qué puede corregirse a sí mismo y le ayudan a encontrar nuevas soluciones, porque no eres los acontecimientos que te dicta la vida, eres la respuesta a cada uno de ellos. Estos son los pilares para convertirse en un hombre y un guerrero.

Se levantó y me dio algunas tareas para terminar antes de acostarme.

—Las rosas tienen espinas, pero no privan a la flor de su fragancia y belleza, por eso las pruebas de la vida no te privan de lo que eres, sino que potencian tus cualidades. Nunca te rindas y encuentra siempre la semilla del bien en cada adversidad. Confía en la Conciencia Suprema que todo lo impregna y que siempre está en ti.

Me dio las buenas noches y se despidió de mí.

5

El silencio es tu mejor maestro

—Lo creas o no, todos dependemos de la ley del karma.

Eso dijo Tatanji cuando entró en mi habitación por la mañana temprano y me despertó.

—Si respetas las reglas, el desayuno está listo y es bueno; si no las respetas, no hay desayuno —se rio.

Miré mi reloj: era terriblemente tarde.

—Tatanji, no he oído el sonido de la flauta esta mañana, lo siento.

No dijo nada y, tras despedirse de mí, salió de la habitación.

La vida en el *ashram* podría parecer una rutina. Cada día se parecía al anterior y las prácticas siempre eran más o menos las mismas, pero en realidad no era así. La existencia allí era de todo menos monótona o repetitiva: cada día era una nueva revelación que me abría todo un universo. Siempre había algo que aprender, algo que saber, y todo discurría a lo largo del hermoso tiempo diario compartido.

Un sentimiento que venía del corazón se llevó mis pensamientos. Pensé en Shanti. Había capturado mi alma. Una mirada, una sonrisa, era suficiente para no poder liberarme de ella nunca más. Era una sensación extraña, pero podía sentir su llamada.

¿Hay distancia si ella vive en mi corazón y en mi mente? Ciertamente no, pero sentía su ausencia física. Saber que pronto volvería a verla puso fin a mi melancolía.

Me di cuenta de que me estaba distrayendo y alejando de mi horario matutino, así que me lavé rápidamente y comencé las prácticas de yoga y meditación.

La melodía de la flauta, que Tatanji había vuelto a tocar mientras tanto, inundó la habitación. La música volvió el ambiente místico y acompañó suavemente mis ejercicios.

Poco después bajé al pasillo.

Shanti estaba con Tatanji, y el desayuno estaba preparado. Ella me saludó con una sonrisa; yo le devolví el saludo con un *namasté*.

De inmediato me fijé en los gatos: observaban a Tatanji en un silencio respetuoso, casi devoto, mientras concluía su actuación. Sonreí para mis adentros. Ninguno de ellos movió una pata, estaban completamente embelesados por la música. Un gato estaba agazapado cerca de los tazones de comida; quizá sentía que era mejor quedarse allí si quería ser el primero en comer.

Me senté a escuchar las últimas notas; intenté estar presente y prestar la máxima atención. Quería poner en práctica, paso a paso, las lecciones recibidas los días anteriores.

Pasaron unos minutos, luego empezamos a desayunar en silencio; una vez que terminé, ayudé a Shanti a limpiar.

No pasó mucho tiempo hasta que, con una mano, Tatanji me indicó que mirara a unos gatos agazapados en un rincón no muy lejos de nosotros.

—Observa cómo los gatos pasan por la existencia en silencio, caminando sobre las nubes sin hacer ruido alguno. La tranquilidad está en su ser.

—Sí, así es, parecen reyes sentados en sus tronos —respondí—. Tienen una predisposición natural al silencio.

—Exactamente. Dime, Kripala, ¿cuándo fue la última vez que pudiste guardar silencio contigo mismo? ¿En presencia silenciosa? ¿Sin hablar con nadie, sin utilizar el teléfono, sin ver la televisión y sin escuchar la radio? ¿Independientemente de los sonidos que te rodean a diario? ¿Alguna vez has buscado el silencio, en lugar de llenarlo con ruidos inútiles?

Pensé, y me di cuenta de que, en realidad, nunca había buscado el silencio, excepto en breves momentos.

—Cuando camino por la naturaleza lo encuentro, o mejor dicho, llega. Entonces el silencio es casi automático —respondí.

—Sí, la naturaleza nos vuelve más tranquilos, más meditativos, nos lleva a encontrar una conexión con algo muy dentro de nosotros que a veces olvidamos que tenemos. La naturaleza se transforma en un lugar de sanación y el silencio se vuelve terapéutico. Todos tenemos un jardín interior tranquilo, pero hablarás de esto con Vimala.

—¿Es ella con quien me encontraré esta mañana? ¿Me explicará el poder del silencio?

—Sí. Así como la meditación es alimento para el alma, también lo es para el silencio. Estar en silencio nos lleva a nosotros mismos, a escucharnos a nosotros mismos con la atención enfocada en nuestro interior. El silencio no significa no hablar, el silencio significa oír, escuchar algo que va más allá de las palabras.

—¿Qué quieres decir con escuchar más allá de las palabras?

—Gracias a la ausencia podemos percibir la presencia. Gracias a la oscuridad podemos ver la luz. Gracias al silencio podemos escuchar. —Tatanji esperó, como para concentrarse, y luego continuó—: Oír es intuir lo que está más allá de las palabras.

Se quedó en silencio, y yo también.

Las preguntas surgieron espontáneamente poco después, difíciles de contener, pero quería profundizar en nuestra conversación.

—¿Cómo podemos estar en silencio o, como dices, en presencia silenciosa si el ruido externo perturba nuestros pensamientos y nos distrae? —pregunté.

—Del mismo modo en que innumerables olas mueven la superficie del océano, así infinitos pensamientos mueven la superficie de nuestra mente. Pero es en las profundidades del océano donde encontramos la calma. Y de la misma manera, en lo más profundo de nuestro ser es donde encontramos la paz. Si algo perturba nuestra atención, debemos acoger lo que llega y con conciencia conducirlo de vuelta al interior. El ruido no debe ser un estímulo para un conflicto con nosotros mismos, sino que debe ser acogido como parte del todo.

—Acogido, sí. Ahora recuerdo los discursos de Kritajina y Sanjay —comenté.

Hay dos tipos de silencio. El primero es el silencio externo. Se produce a través de la atenuación de los cinco sentidos: voz, vista, oído, tacto, gusto. Nos desapegamos lentamente, y así entramos en una mínima interacción con lo que está fuera de nosotros. El segundo es un silencio más profundo. Tiene lugar dentro del corazón y es infinito. Da paz y es fuente de sabiduría y serenidad. En sánscrito se llama *mauna*, que no solo significa no hablar, sino que también es la capacidad de escuchar el silencio que hay dentro de nuestro corazón.

—Tengo una pregunta, Tatanji. Has hablado del jardín interior; ¿a qué te referías?

—Cuando conozcas a Vimala, un alma maravillosa, pasarás un tiempo en su compañía. Tendréis la oportunidad de conoceros y, sobre todo, de hablar sobre el poder del silencio y del significado de un jardín interior

—concluyó—. Ahora prepárate, Shanti te espera. Te veré esta noche.

Le di las gracias y le dije adiós.

Como Tatanji había predicho, encontré a Shanti en la entrada y caminamos hacia el centro de la ciudad. Unos minutos después, me fijé en un flujo constante de personas que se movían por la calle más rápido de lo normal.

—Nunca había visto semejante multitud. ¿Dónde estamos? —le pregunté a Shanti.

—En el mercado de Godowlia —respondió—. Es un mercado muy antiguo, creo que es uno de los más grandes de la ciudad, sin duda el más concurrido. Puede que no lo parezca si no lo conoces, pero es enorme. También se extiende por algunas calles laterales. Aquí encontrarás desde los saris de seda bordados más caros hasta las últimas tecnologías en electrónica e informática. Zapatos, bolsos, jarrones de cristales preciosos, estatuillas de todas las divinidades... Busques lo que busques, está aquí.

Hacia el final de la calle, Shanti me mostró un templo del que las personas entraban y salían de manera ordenada y regular. Miré hacia arriba: en lo alto había una gran cúpula dorada, y debajo, dos más pequeñas.

—Qué hermoso —exclamé.

—Este templo se llama Kashi Vishwanath, pero es conocido como el Templo Dorado. Está dedicado al dios Shiva.

—Es maravilloso y muy impresionante.

—Es uno de los más sagrados del país. Lo más increíble es que a lo largo de los siglos, este templo ha sido destruido varias veces debido a numerosos conflictos, pero siempre ha sido reconstruido prácticamente igual y en el mismo lugar. Esto nos puede hacer comprender su importancia.

Continuamos caminando por los callejones estrechos paralelos a la calle principal. Shanti, mientras tanto, me explicaba las historias de los diversos templos que encontramos como una perfecta guía turística. Me fascinaba su manera de hablar, de describir los más mínimos detalles de la ciudad.

—Varanasi se compone de dos partes. En la antigua las calles son estrechas y laberínticas, los callejones son accesibles solo para personas y animales, y en ocasiones son recorridos por ciclomotores. Luego está la nueva, más parecida a otras ciudades indias, con calles invadidas por tráfico de todo tipo. En las últimas décadas, muchos indios se han mudado a las afueras porque la metrópolis está contaminada y congestionada. Los turistas prefieren la zona nueva, que sin duda es cómoda porque tiene muchos hoteles y es más sugerente. Los que conocen bien la ciudad, en cambio, no paran demasiado lejos de las zonas donde están los *ghats*. Aquí está el alma de Varanasi, y también es una zona más tranquila.

Después de unos minutos, llegamos a una pequeña casa escondida entre unos tenderetes. La entrada en sí era apenas visible. Shanti me indicó que entrara. Subimos varios tramos de escaleras hasta llegar a la azotea. Allí había un puesto poco frecuentado, desde el cual se podía admirar la ciudad casi en su totalidad. Era un panorama único.

Nos sentamos para hacer un breve descanso y comimos algo. Aproveché para aventurar algunas preguntas que a menudo me asaltaban la cabeza en esos días.

—Me gustaría saber el significado de la palabra *amor*, lo que sabes y lo que has aprendido al estar junto a Tatanji.

Shanti sonrió y, después de pedir té helado para ambos, comenzó a hablar.

—Hace unos años empecé a enfrentarme a los antiguos prejuicios que me habían impuesto las tradiciones de mi familia, y poco a poco logré encontrar el coraje para rebelarme.

»Con la frente alta, afronté los escollos que se oponían a mi devenir, y no fue nada fácil. Con el tiempo, sin embargo, las personas que estaban a mi lado se dieron cuenta de quién era yo y de lo que quería. El único obstáculo que quedaba por afrontar, el más grande, ha sido superado recientemente, y sabes de lo que hablo. Liberarme del matrimonio concertado por mis padres. A todo esto lo llamo amor, amor por mí misma.

Había pronunciado las últimas frases con énfasis, dando a entender toda la fuerza que poseía.

—Cada ser humano que he conocido me ha enseñado algo. A través del amor, el sufrimiento, el placer, la desilusión y la alegría, todos me hicieron comprender lo necesario que es amarme y cuidarme, abrazarme con amor. Comprendí que amarse a una misma es necesario para poder amar a los demás.

»Si no tenemos amor por nosotros, no lo tenemos por nadie. Si no fuera así, lo que damos a los demás no sería más que un sustituto. Encuentras el amor en ti, no puedes encontrarlo fuera a menos que primero lo descubras dentro. El amor es la esencia que mueve todo el universo, está más allá del espacio y del tiempo. Nada estaba allí antes, nada estará allí después: todo es una emanación de ello. —Mientras hablaba, le brillaban los ojos—. Expresarse como amor infinito, o mejor dicho, siendo amor una misma, es la forma más rápida de alcanzarlo. Tú eres amor —concluyó, y mordió una fruta.

No solo escuché sus palabras, sentí su alma. Entre nosotros había una especie de pertenencia mutua, nos entendíamos sin hablar. Sentir era suficiente para ambos.

Cuando terminó de comer, reanudó su relato.

—Hace algún tiempo, le pregunté a Tatanji qué significa amar. Me respondió con palabras que recuerdo claramente porque tocaron lo más profundo de mi corazón: «Así como la naturaleza del fuego es quemar, la naturaleza del amor es amar. Vivir sin haber amado jamás es el mayor despilfarro de la existencia humana. Amar es el acto más elevado que el alma puede jamás expresar».

Nos acercamos a un mirador desde donde podíamos ver unas vistas mejores y más sugerentes.

Shanti me abrazó con fuerza. En ese momento pareció querer liberarse de una carga que aligerase el peso que llevaba dentro. Sus dolores, sus tormentos y sus batallas. Parecía buscar una nueva dimensión de su ser. Y todo lo que quería yo era tenerla en mis brazos.

Permanecimos en silencio, contemplando las vistas.

—El secreto, Kripala, es, como dice Tatanji, moldearse uno mismo con el barro del amor incondicional. Ofrece tu corazón, siempre, sin pensar en qué te devolverán. Esperar la reciprocidad es sufrimiento. No esperar nada es el secreto.

—Entiendo lo que dices, pero el amor humano, como sabes, es diferente. Los sentimientos a menudo se ocultan porque nos falta coraje o nos sentimos inadecuados porque no estamos preparados para vivir con ellos. Pase lo que pase después, quiero decirte ahora lo locamente que me atraes. Mi alma ha vuelto a la vida como una mariposa que, saliendo de su capullo, reconoce su nueva vida.

Shanti me miró, me escuchó sin decir nada.

—El amor no se conoce en la superficie, aunque para muchos sea lo normal —continué—. Vives el amor en la belleza de sus cimas apasionadas y en los oscuros abismos de sus tormentos.

—Exactamente —exclamó ella—. Sé cómo te sientes, lo siento escuchando el ritmo acelerado de tus respiraciones, y lo que has dicho es el inexplicable amor humano.

Ambos sonreímos y ella me estrechó la mano con mucha dulzura.

—Amarse es compartir un alma en dos cuerpos, esto es el amor para mí —dijo en voz baja.

Aunque de apariencia simple, su alma contenía las estrellas. En ella bailaban galaxias enteras, y no había nada más hermoso que perderse en ella.

Nos quedamos mirando la inmensidad del paisaje sin decir nada.

Quizá era eso lo que buscaba cuando estaba en su compañía: no tanto sus palabras como su silencio.

—Es bueno estar aquí, a tu lado, sin hablar —le dije en voz baja, como para no interrumpir el hechizo que se había creado entre nosotros.

—Sí. Todos buscamos el silencio, aunque muchas veces no lo sepamos. Hay quienes lo buscan en lugares lejanos y maravillosos, pero en realidad es solo una forma de encontrar la paz en el frenesí de nuestros días.

Shanti me dijo que Vimala había hecho voto de silencio durante muchos años.

—¿Cómo puedo estar a su altura? —dudé.

—No te preocupes por eso. Cuando la veas, sé tú mismo. O si no, déjalo todo en sus manos. Vamos.

Cuando llegamos a nuestro destino, Vimala nos esperaba frente a la entrada de su pequeña casa. Su mirada estaba fija en nosotros, o eso parecía. Nos saludó, y dejó entrever un alma dulce y serena. Shanti le dijo que tenía que irse y, mirándome, se despidió de nosotros y luego se alejó hacia el centro.

No dije nada y me acerqué a Vimala. Ella, de manera elegante, me indicó que caminara por una calle lateral poco frecuentada. De pie junto a ella sentí una especie de serenidad. Al igual que Kritajina, aparentaba unos setenta años.

De repente se detuvo y me miró. La imité.

—Mi nombre es Vimala, que significa 'pura, inmaculada' —se presentó.

—Tienes un nombre bonito.

—Gracias.

—Estoy sorprendido. ¿Cómo es que me hablas? Shanti me dijo que hace tiempo que haces voto de silencio.

Sonrió mientras miraba la calle. Reanudamos la marcha.

—No puedo entenderlo, créeme —continué—. Has roto tu promesa. No sé si debo estar incómodo o emocionado, o ambas cosas.

Sonrió de nuevo.

—No te preocupes por eso. Aunque hablemos, permanezco en mi silencio interior. Nada cambia para mí.

—¿Cómo puede ser? —repliqué.

—Después de todos estos años de práctica, llegamos a algo que en realidad siempre ha sido nuestro: la presencia silenciosa. Así es como me gusta llamarlo. No es un logro, como podría parecer, sino un redescubrimiento.

Continuamos la caminata durante varios minutos a lo largo de la orilla de un *ghat* poco concurrido.

—Si me permites, ¿puedo preguntarte qué haces? —dije.

—Soy jardinera. Cuando me lo piden, cuido las plantas y flores a quien lo necesita. Con mi presencia trato de hacer cada lugar mejor. Controlo las energías de quienes viven allí a través de las plantas. Cuando puedo, también cuido mi jardín interior. Me cultivo a mí misma. Soy la jardinera de mi alma.

—Creo que es genial estar al lado de las plantas. Dan serenidad, son un mundo en sí mismas.

—Cuando estoy con ellas, entro en un estado meditativo. Me ayudan a estar en presencia silenciosa. Esto significa no solo no hablar, como habrás comprendido, sino también un auténtico silencio que tiene su propia forma, su dimensión y su energía, incluso su propio lenguaje.

—¿Un lenguaje propio? ¿Cómo es posible? —pregunté con incredulidad.

—El silencio es un lenguaje y, como todo lenguaje, se aprende con la práctica.

—El silencio es silencio, no hay comunicación —respondí.

—¿Tú crees? ¿Estás realmente convencido de ello?

—Creo que sí, nunca he visto a una persona que está en silencio comunicarse.

—Kripala, a veces el silencio tiene más poder que las palabras. Puedes estar cerca de una persona sin decir nada, pero al mismo tiempo comunicarte con ella. Nuestros sentimientos transitan por caminos distintos al lenguaje común; muchas veces hablamos sin decir y oímos sin oír. El sabio encuentra las respuestas en el silencio.

—Ahora que lo mencionas, he experimentado una situación similar últimamente. El silencio al que te refieres es similar al de los amantes que, sin decir nada, dejan hablar a su corazón.

—Lo has entendido bien. Somos seres sociales y para nosotros es fundamental comunicarnos, pero esto puede darse de diferentes formas, y no siempre a través de la palabra. Cada parte de nosotros comunica algo. Nuestros movimientos, el aspecto, el olor, la forma de vestir, la música que escuchamos, lo que comemos y los libros que leemos. Todas estas son formas de comunicación: «transmiten» externamente lo que somos internamente. Si sabes observar bien, comprenderás la esencia de quien está cerca de ti.

—Sí, ahora estoy convencido. —Durante unos minutos no hablé; luego pregunté—: ¿Hay alguna manera de vivir el silencio, en el sentido de practicarlo?

—Mantente en su presencia y escucha lo que tiene que decirte.

Yo estaba cada vez más perplejo.

—Pero ¿cómo puedo escuchar el silencio si es el silencio mismo?

—Siempre hay mucho ruido dentro y fuera de nosotros. Siempre estamos rodeados de multitud de sonidos y distracciones, pero debemos aprender a encontrarnos, a reconectar con nuestro ser más profundo. El silencio es un buen maestro: da muchas respuestas si sabes escucharlo.

—¿Cómo puedo hacerlo? Es difícil no hablar.

—Calla las palabras y deja que se exprese. Cuando estás en paz, el verdadero lenguaje es el silencio.

—Es verdad. Recuerdo que también hay un dicho. —Lo pensé por unos instantes—. Creo que es «guarda silencio si lo que vas a decir no significa nada» o algo similar.

Vimala sonrió y asintió.

—Creo que es una gran manera de decirlo. A veces, el silencio es la mejor forma de comunicarnos y, a menudo, la calidad de las palabras que utilizamos depende de la calidad de nuestro silencio. Cuanto más profundo sea, más elevado será el lenguaje. Cuidado, he dicho «profundo». También puedes no decir nada durante mucho tiempo, pero nada impide que tus argumentos sean superficiales. Si puedes penetrar tu ser a través de la presencia silenciosa, solo entonces se producirá el cambio.

—¿Qué quieres decir?

—Si tus palabras no son tan importantes, es prudente guardar silencio. Muchas personas están dispuestas a responder con amabilidad a una afrenta, pero no están preparadas para responder con silencio. Y por eso el silencio es a veces la mejor de las respuestas: porque es más fuerte que las palabras.

Vimala me había hecho comprender el significado de mi forma de hablar.

Continuamos caminando, nos alejamos del ajetreo y del bullicio de la ciudad y luego seguimos hacia una pequeña extensión plana. Un sentimiento de paz y tranquilidad dominaba el bullicio de la metrópoli.

—Sabes, Vimala, siempre tengo mil preguntas, mil dudas que pasan por mi cabeza —le dije—. Siempre estoy buscando respuestas a través de textos sagrados o hablando con Tatanji y otros como tú. A menudo me cuesta tener ideas claras y una mente clara. Todavía no sé cómo me puede ayudar el silencio en todo esto.

Vimala sonrió.

—Con paciencia, todos encuentran las respuestas en el camino hacia la verdad. Lo que importa es de dónde surgen tus preguntas, querido muchacho. Toda pregunta nacida en el corazón siempre tendrá su respuesta.

—¿Dónde podría buscar mis respuestas cuando no tenga a quien preguntar?

—Búscalas en el silencio. Nos induce a calmar la mente y a comunicarnos con nuestro interlocutor más cercano.

—¿Puedo encontrar el silencio a mi alrededor también? ¿Puedo encontrarlo también externamente? No hablo de la ausencia de ruido.

—Cuando te permites estar en paz, si sabes observar encontrarás silencio en todas partes.

Nos sentamos en un tronco grande. Probablemente había estado allí durante varios años, dado lo desgastado que estaba. También había varias inscripciones en bengalí que no entendí. Desde allí, la vista era única: a un lado estaba la ciudad en toda su majestuosidad y al otro el Ganges en toda su belleza.

—El silencio te rodea si sabes reconocerlo. Puedes encontrarlo en el espacio entre dos respiraciones o en la nieve que cae. En la salida del sol o en la tranquilidad después de la tormenta. Entre dos notas musicales o en la semilla que crece —comenzó—. Observa cómo las palabras están puntuadas por intervalos muy pequeños de silencio. El silencio es el pegamento que las une y del que surgen.

—Disculpa mi insistencia —reanudé—. No entiendo cómo se puede aprender del silencio.

—Cambia tu conciencia de las palabras al corazón y podrás escuchar lo que no se dice.

—Pero creo que es difícil.

—No es difícil, pero hay que actuar. Actuar abre mil puertas que antes estaban cerradas. Sin acción, todo es difícil.

—Tatanji y Shanti me lo recuerdan bastante a menudo.

—Encuentra tu espacio silencioso, tu espacio interior. Cultívalo, aliméntalo, haz un hermoso jardín con él. Visítalo cada vez que sientas la necesidad y deja que la divinidad escondida en él emerja a través del silencio.

Reanudamos la marcha. De hecho, las respuestas que me estaba dando eran suficientes para comprender la esencia de sus enseñanzas.

Al cabo de unos minutos volvimos a encontrarnos, casi por arte de magia, frente a su casa. Me sorprendió: pensaba que estábamos mucho más distantes.

Entramos en una terraza apartada pero luminosa. Me senté mientras Vimala tomaba un cuenco de una mesita que contenía unos trozos de coco. También sacó una jarra de *lassi* de un refrigerador, me lo ofreció todo y comenzamos a comer.

—Vimala, ¿podemos continuar la conversación? —le pregunté.

Asintió y sonrió.

—Llevo mucho tiempo cuidando mi jardín interior. Cada vez que voy a visitarlo es una alegría. Cada flor es similar a una emoción. Algunas son maravillosas, algunas son pequeñas, algunas son llamativas, algunas se esconden. Lucho por arrancar las malas hierbas, tienen raíces profundas, pero siempre siembro nuevos brotes y hago lo que puedo para que cada planta crezca sana y fuerte. El mío es un jardín florido y colorido. Soy la jardinera de mi alma. Soy la jardinera de mis emociones.

—Debe de ser un lugar maravilloso. Creo que entiendo que las emociones negativas son como la mala hierba.

—Tienes razón, Kripala. Los pensamientos negativos son como las malas hierbas. No dejes que te invadan. No dejes que ocupen demasiado espacio. Con las palabras correctas, crea un jardín colorido a tu alrededor y dentro de ti. Elimina las malas hierbas de los pensamientos negativos que le quitan el alimento a tu vida. Haz crecer la belleza y el amor. Tu alma te lo agradecerá.

—¿Cómo? —pregunté con curiosidad.

—Da más alimento a las flores. Haz que crezcan fuertes y exuberantes. La maleza morirá de sed y no tendrá cómo expandirse.

—Gracias. Ahora entiendo lo que quieres decir, ahora entiendo mejor lo que tengo que hacer.

—Todos tenemos nuestro propio jardín interior y, como cualquier jardín, debe cultivarse y nutrirse, todos los días, con regularidad. Muchas personas no lo visitan a menudo y, lamentablemente, muchos lo han olvidado. Visitarlo significa cuidarnos, significa amarnos, significa volver a nuestra pura presencia silenciosa. Tú también,

Kripala, deberías visitar tu jardín a menudo, cada vez que te sientas desconsolado.

»Es tu espacio sagrado donde nada puede perturbarte, allí puedes estar en paz y fortalecerte. Cuanto más lo visites, más te cuidará. Con el tiempo os conoceréis mejor, y en él encontrarás un lugar de serenidad. Y nunca olvides oler el aroma de las flores que encuentres en el camino. Lentamente tu vibración cambiará, y lo que es similar a ti será llamado de vuelta por la misma energía.

Vimala cerró los ojos. Su rostro se volvió más relajado, sus mejillas más rojas. Observándola detenidamente, al cabo de unos minutos me di cuenta de que había un silencio casi físico a su alrededor, difícil de explicar. Era tan intenso y profundo que, como un eco, resonaba por todas partes. Se podía sentir pura tranquilidad.

En ese instante comprendí que Vimala había logrado en el transcurso de su vida expresar su serenidad y sacarla a la superficie. No había otra explicación.

Recordé algunas frases que había escuchado tiempo atrás, algo relacionado con su estado. Cuando estamos en presencia de grandes almas, lo primero que percibimos es su emanación de paz, tan evidente que parece palpable.

Saboreé ese momento de pura presencia silenciosa. Unos momentos después, Vimala abrió los ojos y sonrió.

—Cuando seas uno con el jardín interior, desaparecerás y te volverás parte del todo. Deja que el caos de la vida te atraviese, pero mantén siempre la calma y la serenidad, ya que es en la tranquilidad del alma donde nace tu fuerza.

Que la adversidad te levante el ánimo: cada desafío es un paso hacia la toma de conciencia.

»Habrás aprendido de Tatanji que la vida es una lucha constante. Habrá días de sol, pero también de tormenta. Cada día será diferente al otro, todo cambia y se transforma. Las tormentas vienen a darnos la oportunidad de conocernos. Tocan nuestros lados más frágiles y descubren nuestra esencia. Como el carbón, que sometido a presiones muy fuertes se convierte en diamante, del mismo modo nosotros, sometidos a innumerables pruebas, nos transformamos en almas endurecidas. Algunas siguen desanimadas o debilitadas. Otras, en cambio, se levantan y resurgen más fuertes y victoriosas.

Terminó de beber su *lassi*.

—Gracias al silencio podemos acoger cada desafío como una oportunidad de crecimiento para nuestra alma. En el silencio nos damos tiempo para encontrar un oasis de serenidad antes de cualquier acción.

Permanecimos en silencio, saboreando la tranquilidad compartida de ese momento.

—Refina el silencio y hazlo tan puro como el diamante —prosiguió Vimala—. Es en las profundidades del abismo donde se encuentran los tesoros más preciados. Al principio lucharás y querrás hablar. La mente siempre está buscando un pretexto para comunicarse. Sin embargo, si estás decidido, con el tiempo el silencio se convertirá en alimento para tu alma.

—Deberíamos ser capaces de encontrarlo en medio del ruido, por lo tanto de crearlo conscientemente aunque estemos rodeados de mil distracciones. ¿Hay alguna manera de hacerlo?

—El secreto es poner la mente en el corazón. Entonces el silencio te dará la bienvenida a su hogar. Allí encontrarás presencia auténtica y será un lugar de encuentro y aceptación. En el silencio descubrirás la conciencia. Ambos se ayudan mutuamente a llegar a la meta.

—¿Qué quieres decir?

—La conciencia precede al silencio, a través de ella logramos estar en la presencia silenciosa. —Vimala hizo una pausa antes de continuar—: ¿Alguna vez has escuchado los latidos de tu corazón? ¿Lo has intentado alguna vez? En el silencio se te revelará una gran verdad. Recuerda, lo que buscas está más cerca que tu propio aliento.

De nuevo nos detuvimos y durante unos momentos permanecimos en silencio.

—El universo nos creó como semillas. Podemos quedarnos así, o podemos abrirnos y florecer. *Florecer* es la palabra más hermosa. La floración es necesaria. Abre los brazos, Kripala, da la bienvenida a la naturaleza, al cielo, a las estrellas, al infinito. Siente el olor de los campos y déjate acariciar por el viento. Contempla la puesta de sol sobre el mar y su amanecer en la mañana. Aférrate a los que amas y sé feliz con todo. La vida se compone de pequeñas alegrías, vívelas. La felicidad está en tener una mente clara. Solo así cada momento será bien aprovechado.

Alguien llamó a la puerta del porche. Era Shanti. Vimala se volvió hacia mí, juntó las manos y me saludó.

—Ve en paz. *Om shanti, shanti, shanti.*

Tan pronto como hubo dicho esa frase, en un instante todo mi ser y cada una de mis células se inundaron con una increíble sensación de inmensa serenidad. Un océano de paz me envolvió. Me quedé quieto, experimentando el significado de una presencia profunda y silenciosa.

Abrí los ojos. No sabía cuántos minutos habían pasado. Shanti no había notado nada y era mejor así. Miré a Vimala, le agradecí sus enseñanzas y me despedí de ella. Me sentí feliz de haber aprendido la quinta revelación.

Después de marcharnos de allí, le agradecí a Shanti su presencia constante. Me sentí feliz porque toda la tarde, o casi, sería para los dos.

—He llegado tarde, lo siento, pero perdí el tiempo en unos recados que debía terminar esta tarde.

—No pasa nada, siempre eres tan amable... De hecho, nunca dejaré de agradecerte tu amabilidad en el *ashram*, tus deliciosos desayunos y cenas que nos comemos juntos. Te diré un secreto. Cuando llegué aquí, descubrí que la comida india no era de mi agrado. Pensé que nunca la apreciaría, pero gracias a ti, que a menudo le pones un toque italiano y mucho amor, me siento un poco como en casa.

Sonreímos y seguimos caminando por las concurridas calles de la ciudad hasta llegar cerca de un *ghat*.

—¿Recuerdas el otro día, cuando te hablé de la ciudad? —me preguntó Shanti.

—Por supuesto.

—Muchos hablan de este río sagrado. Según la cultura local, quienes se bañan aquí, en estas aguas sagradas, obtienen *punya*, que es la mayor bendición. En realidad esto se aplica a todo el Ganges, los peregrinos se sumergen en él o se lavan antes de rendir homenaje a Shiva. Vienen de toda la India. Hacen una ofrenda —de luz, flores o comida— que en sánscrito se llama *pooja*, y luego se sumergen en el río. Sirve para eliminar los pecados de esta vida y hacer así más apacibles los pensamientos y el alma para las diversas celebraciones en que participarán.

Mientras hablábamos, nos trasladamos a un lugar más aislado e íntimo. Shanti rebuscó en su mochila hasta que encontró una pequeña fiambrera donde había metido unas rodajas de piña, que me ofreció. Empezamos a comer.

—¿Cómo te ha ido con Vimala? —quiso saber.

Le conté brevemente lo que me impactó del día que acababa de pasar con ella. Esperó un rato y luego quiso compartir la última rodaja de piña conmigo.

—Desde el momento en que te levantas por la mañana, estás rodeado por una miríada de estruendo —dijo—. Aceptamos todo eso para sentirnos vivos, muchas veces para evitar enfrentarnos a la «incomodidad» de estar solos con nosotros mismos. Ruidos y otros sonidos llenan nuestra mente y cada vez nos dejan menos espacio para la tranquilidad. Permanecer en presencia silenciosa parece una enfermedad hoy en día.

—Entonces, ¿qué deberíamos hacer, en tu opinión?

—Quitar la atención de los estímulos externos. Deberíamos disminuir el «ruido» externo, centrarnos en la respiración o en un mantra. El foco está en ser testigos de lo que está pasando.

Shanti se quedó en silencio durante unos minutos.

—En épocas pretéritas no había todo este ruido, no existía. No había electricidad ni tecnología. Hubo un tiempo en que nos escuchábamos más. Las personas se reunían para cantar, bailar, contarse la vida y relatar leyendas antiguas. Estaban conectadas con la naturaleza, la Tierra y el universo. Hoy debemos redescubrir esa paz perdida a través de momentos de auténtico silencio. Tenemos que recuperar el contacto con nosotros mismos y con la creación divina.

—Sí, es verdad. También depende de nuestra conciencia —dije.

—Los momentos de silencio nos ayudan a recuperar nuestra paz, nuestra tranquilidad, pero solo si lo deseamos. Estamos rodeados de ruido, tanto dentro de nuestras casas como fuera, al aire libre. Ya no estamos acostumbrados al silencio, pero ahora lo necesitamos más que nunca. Sin embargo, tal vez le tengamos miedo y lo abarrotemos de cosas, de todo. La conciencia ayuda a encontrar ese templo escondido donde puedes retirarte cuando quieras estar en sintonía con tu alma.

—Estoy de acuerdo contigo.

Nuestras pausas, que buscaba cada vez más después de los discursos, nos permitían detenernos y reflexionar.

Al principio no las entendía, pensaba que eran una forma de descansar y una pérdida de tiempo. Un día, gracias a Tatanji, comprendí su importancia. Las pausas, o más bien el silencio entre un discurso y otro, ayudan a comprender lo que se acaba de decir. El silencio es necesario para encontrar las respuestas.

—Vivimos en una sociedad que crea muchos vacíos internos para llenarlos con deseos efímeros —continuó Shanti—. Nos ofrece todo tipo de alternativas para hacer que nos olvidemos de nosotros mismos. A menudo, cuando nos falta algo, buscamos lo que lo llena en los demás o en los objetos. Ya sea amor, sexo, dinero, emociones o lo que sea, tratamos de llenar nuestros vacíos internos de alguna manera.

»En realidad, solo tenemos que redescubrirnos. Solo así nuestra forma de enfrentarnos a nosotros mismos no estará basada en lo que nos falta, sino en lo que podemos dar de nosotros mismos.

Me sentía feliz de estar en sintonía con ella.

—Comparto lo que dices y agrego que es importante encontrar a alguien que sepa sentirnos con el corazón.

—Correcto, Kripala. Lo realmente importante es encontrar a alguien que nos escuche. Muchos pueden escuchar. En cambio, muy pocos sienten, y es agradable cuando sucede. Puedes hablar libremente sabiendo que serás totalmente bienvenido. Esto se debe a que no hay ningún tipo de juicio hacia ti, sino una completa aceptación de quién eres. Entonces te sientes cómodo. Todos los problemas se entienden y, a menudo, se aclaran. Las nubes que dan vueltas en lo alto se convierten en un hermoso cielo azul.

Contemplamos las hermosas vistas sin decir nada. Ambos sabíamos que ese silencio era necesario para romper nuestras defensas, para derribar, una a una, todas aquellas barreras que escondían detrás nuestra parte más preciada, el corazón. El silencio era necesario. El silencio era el puente que unía nuestras almas.

—No es por meterme en tus asuntos pero ¿alguna vez has vuelto a llorar por amor? Solo lo digo por curiosidad —pregunté vacilante.

—Sí, sí, por supuesto, solo por curiosidad —se rio. La imité.

A menudo nos echábamos a reír. A veces de nada. Tal vez ese era el secreto de la felicidad: reír y amar.

—Puedo decirte que sí, todavía lloro. Cuando amas puede suceder. Una antigua leyenda india dice que las lágrimas de amor pueden ser tanto de dolor como de alegría. Las primeras, saladas como el agua del mar, nacen al final del ojo y se deslizan por el borde de la cara como si quisieran escapar. Son lágrimas de sufrimiento y dolor. Las otras, dulces como la miel, nacen al principio del ojo y bajan hasta los labios, como si quisieran ser degustadas. Son lágrimas de felicidad y alegría.

Continuamos por las calles llenas de gente y llegamos al *ashram*. Como siempre, subí a mi habitación para refrescarme y practicar mis ejercicios. Después de aproximadamente una hora, bajé a la sala de meditación. Tatanji me esperaba para regalarme un poco de su tiempo y responder algunas preguntas sobre el día transcurrido.

Me senté a su lado.

—Haz del silencio un gran amigo tuyo —dijo después de saludarnos—. El silencio es una fuente de curación: cuanto más tiempo permaneces en su presencia, más se alimenta el alma de él. —Sonrió y me ofreció una taza caliente de infusión de hierbas—. Entonces, Kripala, ¿cómo ha ido tu reunión de hoy?

—Como en las anteriores, también hoy he aprendido en conciencia. No era consciente del poder del silencio. Tal vez por eso las llamas «revelaciones». Aquello que está «velado», o que era incomprendido en su totalidad, adquiere una nueva perspectiva, un significado diferente, y así se convierte en una revelación.

—Exactamente. El silencio es la puerta para entrar en el corazón. Así como el amanecer viene del crepúsculo, del mismo modo del silencio viene la luz de la sabiduría. En el silencio encuentras las respuestas. Está todo dentro de ti, siempre lo ha estado. Solo el necio busca agua en el desierto cuando ya la tiene en el pozo de su casa.

—¿El pozo es el corazón?

—Sí. Es en tu corazón donde reside el origen de todo. Allí encontrarás tu tesoro. La verdadera alegría se esconde allí. Cambia tu conciencia de las palabras al silencio y podrás escucharlo.

—¿Cuál es la diferencia entre sentir y escuchar, puedes explicármelo mejor?

—Está el sentimiento entendido como un sentimiento sutil, esa sensación intuitiva en momentos de peligro o cuando algo anda mal. Pero también hay un sentimiento más profundo, más allá de las sensaciones: un sentimiento que desciende al alma. Escuchar es acoger lo que nos rodea. Es más físico. Encuentra tiempo para el silencio, tiempo para conectarte con lo más profundo de ti: con tu alma. Observa una puesta de sol, el mar, la naturaleza, camina por el bosque, sumérgete en la paz en presencia silenciosa.

»Cuando arrojas una piedra a un lago tranquilo y plano, en su superficie se forman ondas que se extienden por todas partes y ya no puedes ver sus profundidades. Así son las palabras: muchas ondas superficiales que deambulan a nuestro alrededor, en todas direcciones, sin dejarnos ver nuestras profundidades. Solo en un lago tranquilo y puro se refleja idénticamente la luna. De la misma manera, solo en el más profundo silencio podemos ver la luz de nuestra alma y manifestarla. Practica el silencio día tras día: transformará tu ser y, con el tiempo, purificará tu corazón y tus palabras.

—Por lo que entiendo, la práctica debe aprenderse tanto como las lecciones en la escuela.

—Puedes empezar por calmarte y relajarte. Calma tu respiración y obsérvala. Puedes practicar en cualquier lugar y durante cualquier período de tiempo. Cuando cocinas, cuando contemplas unas vistas, cuando escuchas, cuando caminas... Cuanto más lo experimentes, menos podrás prescindir de él. Cuanto más lo busques, más te envolverás en él. El alma se revela en el silencio, en momentos de absoluta tranquilidad. No rechaces nada, presta atención a cualquier mensaje.

—Cuanto más lo practicas, menos puedes prescindir de él —repetí—. ¿Cómo puede ser?

—Imagina el silencio como una bebida dulce. Tomas un sorbo y te das cuenta de que te gusta. Entonces quieres más, y no vas a parar. Lo mismo sucede con la presencia silenciosa.

—Se necesita mucha energía para practicar, supongo.

—Cuando permaneces en silencio, tu energía no se desperdicia, y como no se desperdicia, la encuentras en el momento en que la necesitas. Observa la respiración; luego, desciende profundamente en ti mismo, una y otra vez, hasta que desaparezcas.

Tatanji miró por la ventana; se estaba haciendo tarde. Decidió retirarse a su habitación.

Me despedí de él y le deseé una noche serena. Él me correspondió a su manera:

—Que el silencio te envuelva y nutra tu alma.

6

Cambiar es fluir

Tal vez fuera la expresión que le inundaba el rostro cuando sonreía. Tal vez fueran los movimientos de su cuerpo mientras caminaba. Tal vez fuera todo el conjunto de gestos, sonrisas y amabilidad lo que la hacía tan atractiva para mí. Como la medusa envuelve a su presa y no la deja, así me había envuelto ella el corazón. Tal vez eso fuera el amor: perderse en los pensamientos de la persona amada, más que en cualquier otro pensamiento.

Sostener su corazón en mis manos era todo lo que quería, nada más.

Una mano se posó en mi hombro y me sacudió. Abrí los ojos. Era Tatanji. No entraba la luz del sol en la habitación, no llegaban sonidos matutinos del exterior. Todavía era de noche.

—Buenos días, Kripala.

—Buenos días, Tatanji.

—Vístete, saldremos en un rato. Te llevaré a un lugar especial.

No esperé más. Cuando estaba a punto de salir de la habitación, entré en el baño para refrescarme. Miré la hora: pasaban unos minutos de las cuatro.

Tenía curiosidad por saber a dónde me llevaría Tatanji para haberme despertado tan temprano. Mientras me preparaba, llegó a mí la delicada melodía de la flauta. Escuchar todos los días esos sonidos era una caricia para el alma: ya en las primeras notas daban serenidad.

Terminé mis prácticas y bajé las escaleras.

En lo primero que me fijé fue en los gatos acurrucados en un rincón y durmiendo. Me reí: durante el día casi siempre estaban jugando. Observarlos ahora dormidos, tan tranquilos, parecía imposible. Estaban reunidos, o mejor dicho, enroscados unos alrededor de otros, y parecían un ovillo de lana de colores. Ni siquiera notaron mis movimientos cuando pasé a su lado en la sala.

Tatanji dejó de tocar cuando me vio llegar. Devolvió la flauta a su estuche, se levantó y señaló la ventana.

—Mira, todavía está oscuro, pero pronto saldrá el sol. Lo que ves ahora es diferente de lo que será. Todo cambia y se transforma.

—¡Sí! —exclamé.

—Nada en el universo es inerte. La vida es un movimiento continuo, todo evoluciona hacia otra cosa.

—¿Nada puede quedarse quieto? —pregunté con cautela.

—Nada puede permanecer inalterable, todo es *anitya*, en sánscrito, es decir, impermanente. Si fuéramos conscientes de que todo cambia en otra cosa, tendríamos un mundo diferente al que es ahora y habríamos entendido parcialmente el significado de la existencia humana. El velo de ilusión que nos separa de la realidad es poderoso. Distinguir la verdad de la ficción es sabiduría. Cuando entendamos esto, le daremos a todo el valor correcto.

Salimos del *ashram* y caminamos por las oscuras calles interiores de la ciudad durante una buena media hora. En la calle, solo había personas que dormían acostadas en el suelo o apoyadas contra las paredes envueltas en mantas; algunas solas, otras en pequeños grupos. No muy lejos, varios perros callejeros peleaban, mientras, en el lado opuesto, dos vacas descansaban en el suelo. Las calles estrechas se sucedían una tras otra y, poco a poco, el recorrido se volvía más y más intrincado. En el aire flotaba un intenso olor a madera quemada mezclado con incienso.

Finalmente llegamos cerca de un *ghat*. A lo lejos se vislumbraban algunas piras encendidas para la cremación de los difuntos. Nos sentamos en los escalones.

—¿Qué estás mirando? —me preguntó Tatanji.

—Observo las cremaciones de los cuerpos. Eran seres vivos, seres humanos; nacieron, se criaron, amaron, sufrieron, se regocijaron y ahora aquí están, donde todos terminaremos.

—Exactamente. Esta es la conclusión del ciclo de la vida: la muerte. Los familiares están alrededor de las piras para darles el último adiós y celebrar el paso.

Me fijé en que las cremaciones continuaban más allá de nuestra vista, a veces de manera ordenada, a veces no. Producían una llama intensa y un calor inmenso que sentía según la dirección del viento, así como una cantidad infinita de brasas chispeantes que se elevaban en la oscuridad. El cielo parecía iluminarse con nuevas estrellas vibrantes, algunas rojas, algunas amarillas y otras naranjas.

Hace años, unos amigos me hablaron de este lugar sagrado. Habían ido de viaje por la India y habían presenciado el rito y, fascinados, me dijeron que por respeto a la tradición y a las diversas ceremonias estaba prohibido fotografiar los rituales funerarios. Nada de lo que estaba pasando debía ser grabado porque era sagrado. Para los no hindúes no había posibilidad de verlo, excepto desde la distancia. En cualquier caso, dondequiera que mirara había una energía casi sobrenatural.

Le pregunté a Tatanji cómo se llamaba el lugar.

—Manikarnika Ghat. Es una zona sagrada de la ciudad y, como habrás entendido, aquí se incinera a los muertos. Hace mucho tiempo había más espacio para estas ceremonias, más tierras, pero con el paso de los años el agua ha sumergido algunas de ellas. No hay superficie para todos, así que estos rituales tienen lugar, como puedes ver, incluso en las inmediaciones de los *ghats*. El olor que notas puede resultar chocante porque es fuerte, te abruma, pero recuerda cómo la vida que empezó también tiene un final. Durante varios siglos, este lugar ha ofrecido la liberación del renacimiento a aquellos que siguen estrictamente los preceptos religiosos.

Luego me informó que la ceremonia de cremación generalmente duraba unas tres horas y que cualquier parte restante del cuerpo quemado se arrojaba al río.

Yo permanecía en silencio. Todo aquello, para mí, me resultaba algo surrealista. Seguí contemplando los fuegos en la lejanía mientras Tatanji me decía que en los últimos años mucha gente se había enfadado por el aumento del precio de la madera utilizada para estas celebraciones, que hacía que muchos no pudieran participar. Y no todos podían asistir, también porque alrededor de las piras solo había suficiente espacio para los familiares.

Vi que algunas personas tomaban un poco de polvo de un tazón pequeño y lo esparcían en el Ganges.

—¿Qué están haciendo?

Tatanji observó la dirección que indicaba mi dedo.

—Por las razones que te he dicho, muchas personas no pueden incinerar a sus seres queridos en este lugar. Así que los parientes traen solo las cenizas y las dispersan en el río sagrado. Solo los que han vivido en esta ciudad o en los arrabales tienen la gracia de dejar sus restos en este lugar y en estas aguas benditas.

—Muchas personas, a unos pasos del río, hacen movimientos con velas encendidas, pequeños gestos alrededor de la cara y el cuerpo —le dije—. ¿Cuál es su propósito?

—Es una costumbre antigua, el acto se realiza para recibir el máximo de bendiciones. Sus acciones están dirigidas a los dioses. El fuego se utiliza para alejar cualquier maldad, demonio o espíritu maligno. Los gestos que efectúan recuerdan el simbolismo del cosmos, las estrellas, los planetas. Todo gira en torno a la Conciencia Cósmica que está en todas partes, y estos movimientos le rinden homenaje.

De lejos me llegaban claros unos ruidos como de golpes, en sincronía. Le pregunté a Tatanji qué era aquello y me respondió que eran grupos de mujeres de diferentes edades que, por la mañana temprano o antes del amanecer, venían a las escaleras y lavaban la ropa en el río.

—Las sábanas se enrollan como se hacía antes y luego se golpean con extrema fuerza en las escaleras. Esto sucede todo el día, desde el amanecer hasta el atardecer.

A medida que pasaban las horas, más me daba cuenta de que la ciudad se volvía cada vez más ruidosa y caótica. Sin embargo, mi curiosidad era infinita: tantas preguntas daban vueltas en mi cabeza...

—¿Cuántos cuerpos son incinerados durante el día? —le pregunté a Tatanji.

—Varios cientos a lo largo del día e incluso de la noche, pero, como te he dicho, no todos pueden permitírselo.

Mi atención se desvió a otra parte y vi una buena cantidad de basura a lo largo de las escaleras y la orilla. Restos de comida, ropa, plásticos, periódicos... Todo estaba en el suelo y muchas veces al lado del río. Además, un número desconocido de cadáveres de animales, probablemente vacas sagradas, flotaba en el agua. Aquello me impactó.

Mientras tanto, Tatanji sacó de la mochila que traía consigo una gran hoja verde aún fresca que colocó en el suelo. Contenía una plántula —una caléndula, explicó— y una mecha que, cuando se encendía, producía una llama.

—Ve —me instó—, déjala en el agua y pide un deseo.

Al hacer lo requerido, me acordé de una antigua invocación budista para la felicidad y la liberación del dolor de todos los seres vivos que recité mentalmente.

Después de unos momentos de reflexión, regresé al lado de Tatanji y con la luz del amanecer brillando sobre nosotros regresamos al *ashram* justo a tiempo para el desayuno. Allí nos esperaba Shanti.

Concluido el desayuno en serena cordialidad y con algunas risas de por medio, y después de despedirnos de Tatanji, salimos para acudir a la cita diaria. Temblaba de curiosidad, porque no sabía con quién me encontraría.

Por el camino, Shanti me preguntó si tenía miedo a amar.

—No le tengo miedo al amor, aunque a veces existe el miedo a amar —respondí.

Se puso seria. Se detuvo y me miró directamente a los ojos.

—El amor no conoce los miedos. ¿Cómo podrías tener alguno? Cada momento que atravesamos en el presente es diferente al anterior. No somos la misma persona que éramos ayer, como tampoco lo seremos mañana.

Los miedos que alguna vez tuviste te hacen sonreír ahora. Todo está en constante evolución y los cambios son parte de la vida. Lo que eres en el fondo es luz y amor infinito. Si quieres conocerte a ti mismo, céntrate en el ser.

Pensé en ello mientras avanzábamos por calles laterales menos concurridas.

Shanti siguió hablando.

—Hace algún tiempo, Tatanji me dijo: «Hay dos tipos de miedos. Los primeros no son más que aprensiones, ansiedades debidas principalmente a nuestra imaginación. Abrázalos. Si los aceptas y los llevas a tu presencia, desaparecerán. Los segundos se distinguen, sin embargo, porque son situaciones reales de peligro, como la amenaza inmediata a la seguridad propia o ajena.

Yo también pensé en esas palabras. Luego razoné:

—Todo está en la acogida. Lo estoy comprendiendo cada vez más, o mejor dicho, lo estoy realizando en mí mismo.

—En realidad es muy simple, nosotros somos los que lo complicamos todo. Acepta tus miedos y llévalos a tu amor. Te darás cuenta de que todos eran ilusiones creadas por la mente. El amor vence a cualquier miedo.

Nos sentamos en unas escaleras desde las que se veía claramente el río.

—Cuando conocí a Tatanji, yo no participaba mucho —dijo Shanti—. Físicamente sí, lo hacía, pero muchas veces revivía hechos del pasado que me hacían sentir mal. Eran situaciones que no quería perdonar, que me ponían triste y me hacían sufrir. Un día, al verme en ese estado, Tatanji se me acercó y empezamos a hablar. Desde entonces recuerdo un pasaje que hice mío. Con la dulzura de un padre hacia su hija, me preguntó:

—¿Este incidente ocurrió hace mucho tiempo?

—Sí, Tatanji, hace un tiempo

—¿Así que en el pasado?

—Sí.

—¿Ahora dónde estás? En el presente, ¿no?

—Sí.

—Bueno, entonces dime: ¿qué está haciendo el recuerdo de una emoción negativa pasada en tus pensamientos ahora? Simplemente le quita energía a tu presente. Déjalo ir, déjalo fluir. ¿Te gustaría tener en tu casa a un invitado no deseado que se pone a hablar contigo varias veces al día durante un buen rato y te hace sufrir? Supongo que no. ¡Quédate aquí, vive el momento, vive el ahora! —Ante aquella pregunta simple y directa me quedé en silencio. Él continuó—: Limpia tu mente de las impurezas de pensamientos pasados o futuros que alteran tu paz. Rompe ese vínculo temporal. No vivas en otro tiempo que no sea este momento. Si tienes que ir al pasado, opta por revivir buenos recuerdos y pensamientos que puedan ayudarte en los momentos difíciles del presente. De lo contrario, olvídalos.

»Esto hizo que me diera cuenta de que todo cambia con el tiempo. Llevar la carga de los eventos pasados negativos al aquí y ahora es ilógico y no produce nada bueno; en consecuencia, es sabio cambiar nuestros pensamientos para vivir mejor.

Reanudamos la marcha.

—Observa. —Shanti me mostró varias tiendas donde vendían saris bordados—. Los artesanos elaboran a mano, aún hoy y con materiales sencillos, estas hermosas y preciosas sedas. Los tejedores de Varanasi son conocidos en toda la India y más allá de las fronteras. Los artesanos, o más bien los artistas, que crean estas refinadas prendas utilizan, además de preciosas sedas, también filamentos de plata y oro. Los mejores sastres pueden tardar un mes entero en confeccionar a mano una prenda.

—Increíble.

—¿Puedes oír ese ruido?

—¿Te refieres a ese zumbido rítmico?

—Sí. Es el sonido de cientos de telares manuales que continúan sin interrupción para crear las preciosas sedas. La industria manufacturera es la principal actividad de la ciudad.

—No veo mujeres ni hombres que los vistan —objeté.

—Estos saris tan decorados y caros se utilizan en bodas o en otras grandes celebraciones.

—Como las que se ven en las películas indias.

—Sí. En siglos pasados, las mayores rutas comerciales pasaban por Varanasi, conocida sobre todo por sus preciosas sedas. A lo largo de los siglos, el arte del bordado ha recibido influencias chinas y de Oriente Medio. La zona por la que pasamos se conoce como Lallapura y es un barrio musulmán. Como ves, el verde prima sobre el habitual azafrán presente en la ciudad.

—¿Por qué el verde prevalece aquí?

—Normalmente se asocia a la tradición del paraíso islámico.

—¿Por qué muchos artesanos están fuera de sus tiendas?

—Para descansar la vista. Permanecen concentrados durante horas bajo luces artificiales. Así que, para desconectar y tener algo de luz natural, de vez en cuando salen a la calle.

Llegamos frente a un hermoso y colorido jardín, donde las flores y las plantas estaban cuidadosamente dispuestas. El jardinero seguramente trabajaba con mucha dedicación. Los olores envolvieron nuestros sentidos. Nos sentamos en el umbral de la casa y contemplamos aquella belleza.

De repente apareció una simpática mujer de mediana edad vestida de blanco, con un sombrero del mismo color.

—*Namasté*, veo que ya habéis llegado —dijo saludándonos. Shanti y yo le devolvimos el saludo.

—¿Estáis bien? ¿Os apetece algo de beber?

—No para mí, gracias —dijo Shanti—. Te dejo en compañía de Kripala; otros compromisos requieren mi presencia. —Después de pronunciar un gran *namasté*, se alejó.

—Mi nombre es Sundari —se presentó la mujer—. Soy de origen tibetano, hui de mi país cuando era niña, después de la ocupación de los chinos. Me retiré a Varanasi con mi familia. Mi padre era un jardinero japonés y maestro zen. Conoció a mi madre en un viaje a Katmandú, se casaron y vivieron juntos hasta que llegó la ocupación.

—Eso explica este hermoso jardín —observé.

—Aprendí mucho de mis padres, especialmente de mi padre. Todavía recuerdo cuánto tiempo dedicaba a cuidarlo. Muchas veces lo observaba desde la ventana de mi habitación, y para mí era mágico.

Entramos en la casa. Lo primero en que me fijé fue en la gran cantidad de plantas y flores de todo tipo, tamaño y color, repartidas por todas partes. Nos sentamos en una habitación luminosa rodeada de muchas macetas de colores y plantas suculentas. Un intenso y variado perfume inundaba el ambiente.

—Observa cómo todo en la naturaleza es resultado del cambio —me dijo—. La naturaleza nos devuelve a nosotros, es el punto de encuentro entre la materia y el espíritu. Cuando estamos en contacto con ella, nos sentimos a gusto: ese es su poder. Nos da serenidad, paz y armonía, se comunica con nosotros a través de energías invisibles. Es un lugar mágico suspendido entre dos realidades, la física y la espiritual, y por eso en muchas culturas y tradiciones a la naturaleza se la llama «madre»: como toda madre, ella cuida a sus hijos.

Sundari me miró en silencio como para comprobar si había entendido sus palabras. Luego, tal vez tranquilizada por mi mirada, volvió a hablar.

—¿Qué nos enseñan las estaciones? Que todo cambia y se transforma. Que todo tiene su tiempo y que, al soltar lo que ha sido, permitimos que llegue lo nuevo. Que no siempre existe el calor y el sol, sino que la belleza también se encuentra en la lluvia y la nieve. Las estaciones nos enseñan a transformarnos o, más bien, a adaptarnos al fluir de la vida.

—¿Qué quieres decir con «adaptarnos al fluir»?

—Como en la naturaleza, deja que la vida fluya, que pase a través de ti. Déjate llevar, no te resistas. Así como el agua se ajusta a su recipiente, tú también te adaptas al fluir de la vida. La vida es cambio y el cambio es como el mar: puede estar en calma o tormentoso. Lo importante es atravesarlo. Fluir es fundamental para continuar.

—Aceptar el cambio significa dejar ir las cosas, si lo he entendido bien —reflexioné.

—Te contaré una pequeña historia para que entiendas el significado de dejar ir. Tres monjes llevaban ollas de aceite a su monasterio. Durante algunos días habían practicado el silencio interior por consejo del monje más anciano. Mientras caminaban, un extraño que se había perdido en el bosque se acercó y les preguntó cómo llegar al pueblo más cercano. Los tres monjes se miraron. El primero, el más joven, decidió interrumpir el voto de silencio y le mostró al hombre el camino más corto para llegar al pueblo.

»El extraño le dio las gracias y se fue. Los tres monjes empezaron a caminar de nuevo, pero, después de haber recorrido una corta distancia, el segundo monje rompió el silencio y reprendió al joven por haber hablado. El tercero, mientras tanto, continuó murmurando para sí mismo y, al llegar al monasterio, les preguntó a los dos por qué habían interrumpido el voto.

»El anciano monje de la comunidad había observado y escuchado la discusión. Se acercó a los tres monjes. «Venerables hermanos, es cierto que el monje más joven ha hablado y respondido a ese extraño, pero el suyo fue un acto de bondad y terminó allí. Tú, en cambio, no tenías por qué hablar; también llevaste rencor durante todo el viaje en lugar de dejarlo ir».

Sundari me miró.

—¿Has entendido el significado?

—Sí, gracias, debes aprender a dejarte llevar y fluir con la vida.

—Fluir se convierte en parte del ser. Nada que rechazar, nada que contener. Aceptación total del devenir. Fluir es similar a dejar ir. Dejar ir no significa dar la razón o no a lo que ha sido, significa devolver la conciencia al presente. Entender que desprenderse del pasado es necesario para vivir bien el presente. Al dejar ir, encuentras la paz. Cuando no te aferras a nada, eres libre de volar a cualquier parte. Como las hojas de un árbol, debemos aprender a dejarnos llevar, danzar y fluir con ligereza, dejar que las cosas sigan su curso.

—¿Puedes explicármelo mejor? —le pedí, pues todavía albergaba dudas.

—Todo en el universo danza en un devenir infinito. Todo es movimiento. Todo fluye. Todo fluye en una danza cósmica. Aprende a bailarla. Danza en la oscuridad y en la luz, danza en las tormentas y en la quietud, danza en el dolor y en la alegría. Danza siempre. Déjate llevar por la corriente y deja que la existencia te guíe.

—Mi vida está llena de dificultades, es una lucha constante.

—¿Y a quién no le pasa? Hay y siempre habrá dificultades, nos empujan a buscar nuevas oportunidades y soluciones.

—Hace unos días, el maestro Arjuna me explicó que la vida es a menudo una tormenta, como tú dices, pero hay que afrontarla —respondí.

—Sí, desde su punto de vista tiene razón. Un día lo conocí y recuerdo una de sus frases: «Déjate triturar por la vida, deja que te destroce. Perder las propias certezas es a veces lo mejor que te puede pasar». Mi visión es otra: afrontar la existencia de una manera más armónica, diría casi fluida. Obviamente hay varias formas de experimentarla. El concepto de que la vida es una lucha y hay que afrontarla es una de ellas. Todo depende de cómo interpretes la existencia. Puedes experimentar ambas o sentirte más atraído por una u otra, o por otras. Los hay que van a contracorriente y lo encaran todo de frente, o los que acogen todo dentro de sí mismos y se dejan transportar armónicamente.

—Luchar contra tus propios demonios es difícil. Tal vez, como dices, deberíamos bailar con ellos —dije.

Se rio, y yo también.

—Es difícil luchar contra tus demonios, pero sé paciente —me sugirió—. La vida es expansión y contracción. Respira.

—Se dice que las estrellas nacen de grandes choques, prácticamente del caos.

—Lo que llamamos caos, en realidad, es un orden preciso y divino. Nada es casualidad, nada es coincidencia. Cada evento en el universo, aunque se muestre en un desorden caótico, tiende a equilibrarse. La armonía está en el centro de los opuestos.

—¿Dónde está nuestro centro?

—En el corazón —respondió.

—Encontrar el equilibrio —dije, acentuando la frase— creo que es lo más inteligente, pero no lo más sencillo. Cualquier cosa nueva o diferente suele desestabilizarnos o asustarnos. Como seres humanos buscamos la seguridad, algo que nos ancle. Lo que más tememos es encontrarnos en su ausencia.

—Cualquier cambio genera muchas veces miedo porque requiere una transformación de mentalidad, mientras que la seguridad es similar a un antiguo castillo, cuyos muros nos protegen de lo que está fuera. En el castillo te sientes seguro, pero la verdad es que te aprisiona. La verdadera ilusión es permanecer apegados a lo que nos gustaría no cambiar nunca.

—Entonces deberíamos derribar los muros.

—Sí. Y cuando sucede, el miedo desaparece y la vida se expresa.

—Pero es difícil salir de tu prisión.

—Muchos a menudo prefieren vivir en su cómoda jaula dorada en lugar de salvarse. Es tranquilizador permanecer en lo conocido en lugar de enfrentarse a lo desconocido. Tendemos a planificar tanto como sea posible para sentirnos en paz. Tenemos miedo de que pequeños cambios puedan hacer que nuestros valores colapsen; en realidad es todo lo contrario. Las novedades nos permiten descubrir nuestro potencial y nuevas dimensiones creativas. Para adentrarnos en algo diferente debemos romper las cadenas que nos mantienen atados a lo viejo y crear espacio para nuevas experiencias.

—Tenemos miedo al cambio —apunté.

—A menudo, nuestros mayores temores provienen de lo que no sabemos. Ante el miedo, como humanos solemos huir o enfrentarnos a él. En verdad, hay otra posibilidad: darle la bienvenida. Puedes enfrentarte a él y por lo tanto combatirlo, puedes escapar y por lo tanto dejarlo atrás, o puedes aceptarlo en ti porque es parte de tu experiencia. Si le das la bienvenida, se desvanecerá lentamente.

—En estos días, en las diversas reuniones, he descubierto el verdadero significado de *acoger* —admití—, una palabra que nunca había considerado y que es fuente de liberación.

Sundari asintió y luego me indicó que me levantara. Caminamos por los senderos del majestuoso jardín.

—Acoger lo es todo —dijo—. Acepta los miedos y fluye hacia el cambio como lo hacen las nubes. Solo entonces danzarás con la vida y podrás cambiar de verdad. Si puedes ser como una nube, comprenderás el significado de la fugacidad de la vida.

—¿Qué quieres decir?

—¿Alguna vez te has fijado en una nube idéntica a la otra o idéntica a la del día anterior?

Negué con la cabeza.

—Exactamente. Si las observas en sus formas infinitas, te enseñan que de la nada todo toma forma para volver nuevamente a la nada. Todo es impermanente.

—Impermanente, hermosa palabra.

—Es una palabra importante en muchas filosofías. Todo es transitorio y, cuanto más seas consciente de ello, más significado profundo adquirirá la realidad.

—Yo me siento siempre el mismo, todos los días —respondí.

—¿Cómo puedes decir que siempre eres el mismo? Nunca eres la misma persona que eres ahora. Algo en nosotros cambia todos los días. Las experiencias nos transforman y el aprendizaje nos engrandece. Vivir es evolucionar, vivir es cambiar, vivir es hacer lo que nos asusta. Vivir a veces significa romper con la rutina que nos ata día tras día a los mismos patrones, los mismos caminos y las mismas formas de ser. Solo cambiando podemos renacer a cada instante. La única constante en la vida es que no hay constante.

—Crecer significa mejorar, pero crecer no siempre significa madurar —objeté.

—Lo has dicho bien, muchacho. Si quieres crecer debes cambiar, pero crecer no siempre significa crecer en el equilibrio adecuado. Lo que eres ahora proviene de haber ganado sabiduría, con suerte, de tus experiencias pasadas. Para evolucionar, debemos ser mejores hoy de lo que fuimos ayer y mejores mañana de lo que somos hoy. Crecer muchas veces es doloroso, pero es en el dolor donde nos forjamos a nosotros mismos.

—No todos son conscientes de sus errores y no cambian por eso —exclamé.

—Sí, a menudo es como tú dices. No puedes cambiar a las personas que no son conscientes de sus errores; la solución está en cambiar tu reacción a su forma de ser. En la rutina diaria fluye la vida y es importante vivirla. Romper el hábito es un acto de valentía. Saber distinguir siempre lo que libera de lo que aprisiona. No te preocupes, mantente confiado y positivo. La larva tarda un tiempo en transformarse en mariposa.

Terminamos nuestro breve paseo y nos sentamos de nuevo.

—¿Alguna vez has visto lo grande que es un baobab? —me preguntó Sundari.

—Sí.

—¿También has visto sus semillas?

—Sí. Son muy pequeñas, parecen guisantes.

—Ciertamente, y esto te hace entender que todo es diferente de lo que parece. No creas que un paso es insignificante. Deberíamos empezar poco a poco. Los grandes cambios comienzan con poco. Las verdaderas transformaciones ocurren en pequeñas evoluciones. Si quieres ser algo diferente de lo que eres ahora, debes encontrarte con personas, lugares y experiencias extraordinarios; sobre todo, algo debe cambiar en ti. Tu estilo de vida puede experimentar grandes mejoras con pequeños pero constantes actos prácticos.

»Elige caminar en lugar de utilizar el coche, elige las escaleras en lugar del ascensor, prepara una receta en lugar de comprar comida preparada, lee algunas páginas de un libro en lugar de relajarte viendo la televisión... La verdadera transformación ocurre cuando aceptamos cambiarnos a nosotros mismos para convertirnos en algo mejor de lo que somos. El cambio no ocurre cuando estás atado al pasado o al futuro. El cambio se produce en la aceptación del presente.

»Cuanto más tengas el coraje de acoger, más fácil te será continuar. Al cambiar la conciencia, transformamos nuestra realidad. Cualquier otro intento de cambio, si no parte de nosotros mismos, es en vano. Solo podemos evolucionar si queremos, si hay un esfuerzo consciente.

—A mucha gente no le importa el cambio —objeté.

—Siempre llegará un momento en que te será necesario, y eso sucederá cuando estés listo para hacerlo, cuando tu alma esté preparada para nuevas experiencias.

Fue entonces cuando recordé las frases que escuché en mi primer día en el *ashram*: «Todo sucede siempre en el momento y en el lugar correctos. Todo sucede cuando estás listo para recibirlo. Depende de ti convertirlo en una oportunidad para tu crecimiento o en un obstáculo para tu evolución».

—Puedo decir que nada es permanente y todo es cambiante —quise concluir.

—Sabio es el que lo entiende. Observa las montañas: a pesar de vivir millones de años, también tienen un final, se desmoronan, así como los arroyos que se convierten en ríos y luego desaparecen en el mar. Como las estrellas, al principio inmensas y luminosas, vuelven a convertirse en polvo. Solo dos hermanos permanecen siempre sentados sin ser molestados, observan y sonríen: el tiempo y el cambio.

Mientras pensaba en esas palabras, Sundari me ofreció un plato con algo de fruta que había preparado en el banco donde nos habíamos sentado.

—Cómo experimentamos nuestras transformaciones depende solo de nosotros y de nadie más. Podemos dar la bienvenida a lo nuevo o quedarnos con lo viejo. Todo trata sobre cambiar nuestra percepción. Y por eso es importante fluir y adaptarse a cada situación. Fluye como el viento, vuela sobre todas las cosas y no te aferres a ninguna. —Miró a su alrededor y agregó—: Lamento interrumpir nuestra discusión, pero hoy el día aún no ha terminado para mí. Tengo una importante reunión de trabajo enseguida y debemos despedirnos con anticipación. No estaba programada y me hubiera gustado pasar más tiempo contigo.

—No importa, Sundari. Has sido muy valiosa para mí.

Recordé que, antes de dejar el *ashram* esa mañana, Tatanji me había dicho que Shanti no vendría a recogerme. Me despedí de Sundari y le agradecí su hospitalidad y sus enseñanzas. Todavía no había salido cuando me llamó. Me di la vuelta.

—Kripala, recuerda que estamos en esta Tierra para vivir experiencias y comprender el misterio de la existencia. —Cerró los ojos y se llevó las manos a la cara en posición de oración para dedicarme un *namasté*—. Deseo que vivas en la grandeza y que ames profundamente. Deseo que observes más puestas de sol y encuentres muchos arcoíris. Deseo que seas sencillo y que persigas tus sueños. Deseo que seas entusiasta y portador de sonrisas. Deseo que ayudes a otros lo mejor que puedas. Deseo que abraces la vida con fuerza, siempre, y que en el dolor aprietes los dientes y sigas adelante. Todos somos uno. Sé fuerte. Sé feliz.

Le di las gracias con un gran *namasté* sin dejar escapar la emoción. Me sentí honrado de haber estado con un alma tan maravillosa y feliz de haber aprendido la sexta revelación.

Llegué al *ashram* y, como de costumbre, me refresqué y luego medité. Poco después bajé a la sala de meditación, más emocionado que de costumbre por ver a Tatanji. Me esperaba y me sirvió una humeante infusión de hierbas con especias.

—*Namasté*, Kripala. ¿Cómo estás? ¿Eres feliz?

—Sí, estoy feliz, Tatanji. Feliz por haber compartido tiempo con Sundari y por estar contigo ahora.

—Bien, me alegro. ¿Qué tipo de reflexiones te ha despertado el encuentro de hoy?

Nos sentamos cómodamente uno frente al otro.

—La confirmación de lo que me enseñó Sanjay —respondí—. El presente es la única realidad, todo es impermanente, cada instante se transforma en el siguiente. Nada es perenne. ¿Qué sentido tendría que la mente viviera en el pasado o en el futuro si todo está en constante transformación?

Después de tomar un poco de infusión de hierbas, Tatanji miró a un gato que había a su lado.

—Como a los animales, cuando somos pequeños también nos gusta jugar. A medida que crecemos, maduramos, y otras prioridades toman el relevo. Estamos en continua e imparable evolución. Para el ser humano, muchas veces la evolución se convierte en involución debido a su inconsciencia, a su incapacidad para comprender y reflexionar.

Asentí a su razonamiento y le confié lo que más me había impresionado.

—Hoy me ha gustado especialmente una palabra: *impermanencia*.

Esbozó una leve sonrisa y bebió un poco más de infusión de hierbas.

—Todo es impermanente. El agua se convierte en hielo y el fuego en calor, la semilla en árbol y la flor en fruto. Lo que llamamos final no es más que un nuevo comienzo. La oruga es el ejemplo más obvio. Su renovación es un renacimiento, y su fin, en realidad, es una transformación. El secreto está en saber adaptarse a los cambios que nos impone la vida. Si sabemos acogerlos y convertirnos en algo nuevo cada vez, nada puede asustarnos. Aprende a fluir y recuerda que el río solo desemboca en el mar si accede a dejarse ir.

»Supera tus límites, sé mejor de lo que fuiste y de lo que eres. Renuévate siempre, cuando tengas la oportunidad. Como los camaleones, que cambian de aspecto según el entorno en el que se encuentren, así es para los humanos. Si queremos, podemos cambiar nuestra actitud en cualquier situación. Podemos crear nuevos comienzos y, a veces, transformar los finales. La elección depende solo de nosotros.

—¿Cómo ocurren los cambios?

—De tres maneras, por lo general. Por hechos externos, por tu voluntad y acción, o por el amor, porque el amor siempre transforma.

—Entonces no tenemos el control de los eventos, sino del destino.

—Como ya hemos hablado estos últimos días, la acción es fundamental si queremos cambiar determinadas situaciones. Nunca pienses en el karma o en el destino. Actúa y cambia lo que no te gusta. Aunque hayas sido influenciado por el pasado, no le prestes atención, adopta pensamientos de renovación y confía en tus capacidades.

—Creo que no se puede actuar sobre todo —protesté.

—Hay cosas que puedes controlar: toma acción. Hay cosas que no puedes controlar: acéptalas. Hay cosas que te controlan: deshazte de ellas. El yin y el yang son el ejemplo más obvio. Girando sobre sí mismos crean los cambios en la vida. Cada opuesto está relacionado con el otro. Cada estación con la siguiente. Cada noche con el día. Todo cambia, todo fluye. En verdad, todo sucede en nosotros.

—¿Qué quieres decir?

—Si observas profundamente, no hay nada que cambiar, buscar o perder. Todo ya está en ti. Permanece en el ser presencia. Ve más allá de esto o aquello. Entonces todo será diferente sin tener que cambiar nada. Aprende del agua que elige el camino de menor resistencia. No conviertas ningún obstáculo en una presa, solo fluye para continuar. Lo importante siempre es ser una presencia infinita.

—Sundari me explicó que dejar ir es fundamental para vivir bien el aquí y el ahora. Pero ¿cómo olvidamos situaciones que en el pasado nos han lastimado y ahora no podemos perdonar? —le pregunté.

—Deja ir lo que fue, pero asegúrate de recordar para que no suceda de nuevo. El acto de perdonar implica la aceptación del presente.

—¿Qué quieres decir?

—Perdonar significa dejar ir lo que te ha golpeado. Suele ser un episodio ligado a nuestro pasado. Al perdonar, aceptas liberarte de lo que te mantenía cautivo. Perdonar implica volver al presente, encontrar la paz en el ser. Nuestro mayor reto es renovarnos constantemente. Cada cambio nos fortalece y endurece nuestro ser.

»La semilla tiene que empujar hacia arriba para transformarse en un brote, la larva necesita fuerza para romper el capullo y convertirse en mariposa, el salmón tiene que nadar río arriba para reproducirse. Todo cambio encuentra siempre resistencia, es una ley de la naturaleza.

—¿Qué quieres decir con resistencia?

—Los grandes cambios siempre suceden en el sufrimiento o en la aceptación. Sufrimiento de quien no quiere cambiar o aceptación de quien quiere crecer. Si falta algo, crea el espacio necesario para que algo venga. Es simple equilibrio. Obsérvate a ti mismo. Eres diferente del que eras cuando llegaste. Has aceptado acoger lo nuevo sin oposición, porque has abandonado viejos patrones y formas de ver. Has cambiado. Una nueva conciencia comienza a abrirse paso en ti. Todo es para bien, ten confianza.

Le di las gracias desde el fondo de mi corazón. Me avisó de que tenía otros compromisos y le informé que Shanti y yo no volveríamos esa noche. Él asintió, se despidió de mí y se fue a su habitación.

Zigzagueamos por las estrechas calles del centro hasta que Shanti y yo nos detuvimos en un área poco iluminada y nos sentamos en una escalera cerca de un pequeño templo. Era una de esas noches claras, con cielos despejados y estrellas por todas partes. Curiosamente, casi no había nadie alrededor.

—Shhh —me susurró Shanti, llevándose un dedo a los labios.

Oí las olas del río y a lo lejos la recitación de antiguos mantras.

Miró hacia arriba y señaló una zona del cielo.

—Mira qué maravilla. Hace un tiempo Tatanji me trajo a este lugar. Terminadas las diversas celebraciones, me sentía amargada y triste. Eran mis primeros días en el *ashram* y aún no me había adaptado. Me dijo:

—*Cuando estés buscando respuestas, mira hacia arriba. Mira el cielo; luego, abajo, a tus pies.*

—*¿Qué quieres decir? No lo entiendo* —*me quedé perpleja.*

—*¿Qué ves encima de ti?*

—*Estrellas.*

—*Tú vienes de allí, sé feliz. Ahora, mira hacia abajo: ¿qué ves debajo de ti?*

—*Tierra, arena.*

—*Volverás ahí, sé humilde. Recuérdalo, y no te sentirás abrumada, ni por demasiada felicidad ni por demasiado sufrimiento.*

»Esto dijo Tatanji, y me animó mucho. Lo mismo sirve para ti. Cuando te sientas demasiado elevado, demasiado importante o mejor que los demás, mira hacia abajo y recuerda que volverás a la tierra. Sé simple. Del mismo modo, cuando te sientas triste, confundido, desanimado, impotente, recuerda mirar al cielo: tú vienes de allá arriba. Eres polvo de estrellas, eres un hijo del universo.

Permanecimos en contemplación unos minutos. Ninguno tenía intención de hablar. Observar la creación era nada menos que una sensación de inmensidad.

—Todos los seres humanos en esta Tierra han observado esta inmensidad infinita de estrellas —prosiguió al cabo—. Los poetas han dedicado versos a su belleza y los antiguos sabios han aprendido los misterios, mientras que lo que quedará de nosotros será un recuerdo lejano en el tiempo.

Quedé fascinado por sus palabras y, mirándola a los ojos, me armé de valor.

—Nada es el cielo y sus infinitas estrellas comparado con el esplendor de tu alma. ¿Cuál es la música más hermosa, comparada con la melodía de tu corazón? Quisiera aprender a amarte. No será un amor perfecto, pero sí sincero, de eso estoy seguro —dije en voz baja.

—¡El amor humano puede ser una brisa ligera o una tormenta, nunca es igual! —exclamó—. Crece, evoluciona o acaba. Pero el verdadero amor no pide, no impone, el verdadero amor se nutre de ser siempre él mismo.

Permanecimos en silencio durante unos momentos, sin dejar de observar el cielo nocturno.

—Quería hablar contigo sobre la charla de esta mañana —le dije—. Sundari y yo hablábamos sobre la fugacidad de la vida, y le he dicho que siento que siempre soy el mismo. Me ha hecho entender que, por el contrario, siempre soy diferente a cada momento y, como tú dices, el amor siempre es diferente también.

—El amor siempre es diferente, sí. ¿Cómo puedes tenerle miedo si nunca es lo mismo? ¿Podrías ser tú el mismo del día anterior o del día siguiente? Aquello que éramos hace un año es diferente de lo que somos ahora. Nunca somos los mismos. La vida es un flujo continuo, lo quieras o no.

Lentamente se acercó a mí.

—Aprenderé a amarte en nuestra diversidad —dijo suavemente—. Amarnos por lo que somos sin tener que adaptarnos a nadie. Siempre queremos ser perfectos, pero la realidad es que nunca lo seremos. Lo que nos diferencia a unos de otros es la imperfección, la diversidad. Esos pequeños detalles que crean nuestra maravillosa singularidad. Como el amor, siempre único y siempre diferente. Aceptarnos sin compromiso es el punto de partida para mejorarnos a nosotros mismos. Tomar conciencia de lo que somos y del amor que podemos ser.

Se acercó a mi oído y me susurró:

—Abrázame, abrázame fuerte, abrázame en esta noche llena de estrellas.

Sentía la necesidad de ser abrazada a menudo, parecía querer saciar su sed, y la suya era una sed profunda: sed de alma.

—Me gustaría conocer tu corazón —le dije.

—Te perderás.

—Eso es lo que quiero.

Nos abrazamos y miramos el río que fluía lentamente desde lejos. Entendía mis estados de ánimo y nos parecíamos un poco. Pero era en nuestras diferencias donde podíamos amarnos. Descubrirnos era el comienzo. La entrega de uno mismo, el viaje. Lo que a muchos les parecía una disonancia musical, a nosotros se nos antojaba una maravillosa sinfonía.

Decidimos irnos a dormir a las afueras de Varanasi, cerca de un pueblecito, en el primer hotel disponible. No había muchas posibilidades: la aldea era pequeña y la hora muy avanzada. En la calle solo había unos grupitos de gente fumando narguiles y perros callejeros ladrando a la luna.

Nada más llegar, nos dimos una ducha rápida y luego continuamos con nuestras prácticas meditativas. Una vez terminamos, nos acostamos exhaustos en la cama y nos abrazamos. Estaba pensativo y lo notó.

—¿Qué estás pensando?

—En unos días me iré. Tengo la necesidad inmediata de encontrar un nuevo trabajo. No podré regresar a la India en breve. En tu ausencia conoceré la intensidad de mi amor, y ya es tan fuerte que grita tu presencia —observé.

—La carencia es normal si dos personas se aman y, que yo sepa, el viento de la separación aumenta la llama del amor o la apaga.

Sabía que podía perderla, podía pasar. Tenía que aceptarlo, contarlo entre las posibilidades. Ella no me pertenecía, pero nuestra unión no podía romperse, ni por el tiempo ni por la distancia. Un lazo invisible nos unía, ahora más que nunca.

En ese momento desapareció el espacio que separa a dos almas afines. La abracé con tanta fuerza que una parte de mí pareció fusionarse con ella. La apreté como si no quisiera separarme nunca más. Ella era todo lo que siempre había querido, deseaba tenerla entre mis brazos para cuidarla.

En el silencio, sentí la necesidad de respirar su quietud.

Nuestros ojos se cerraron y nuestros cuerpos se unieron. Nuestro amor se entremezcló sin saber ya dónde acababa el de ella y dónde empezaba el mío. Estar allí totalmente fue suficiente para nosotros.

7

Amor incondicional

Nos despertamos con el sol que iluminaba nuestras caras.

—Buenos días —le dije, acariciándole el cabello.

—Buenos días —respondió ella, estirándose para recuperarse de su entumecimiento.

Se acercó, me besó la frente y acarició mi rostro con delicadeza y gracia, luego me pasó los dedos por el cabello. Parecía que en cada mechón juntaba todas mis penas pasadas, todas mis amarguras, y se las llevaba lejos, muy lejos.

—Estaba pensando en un episodio que sucedió con Tatanji durante nuestra primera reunión —le dije.

—¿Esos son los primeros pensamientos que sueles tener por la mañana?

Nos reímos.

—Tatanji ya había sentido nuestra afinidad de almas.

—¿Qué quieres decir?

—El primer día, después de mis prácticas matutinas, me hizo esperar a que terminaras tus actividades. «Espera a Shanti, estará aquí en breve; mientras tanto medita —me dijo—. Cuando llegue, agradécele su amabilidad y el trabajo que hace por nosotros. Házselo saber todos los días. Es un alma antigua y muy similar a la tuya». No entendí a qué se refería con «similar a la tuya», pero sentí que nuestras almas se conocían. Tal vez eso significaba..., quiero decir, pensé que sí. Cuando te vi, todo se volvió más y más claro.

—A mí me pasó de otra manera —respondió—. Estaba segura de que tarde o temprano encontraría a un hombre como tú, sin saber dónde ni cuándo. Antes de que suceda, es como esperar un tren cuyo origen y hora de llegada no sabes. Muchos viven así: sabes que se puede, pero, en tu corazón, siempre esperas encontrarte con el amor. Entonces llegaste tú. Fue un encuentro de almas más que de cuerpos. A veces sucede que a través de un alma gemela se llega a una experiencia más intensa y profunda. Hay parejas que por elección kármica vivirán juntas para siempre; para otras personas, en cambio, el camino está en la soledad.

—¿Qué quieres decir con elección kármica? —pregunté con curiosidad.

—Es un acuerdo evolutivo entre almas antes de renacer en forma humana. Cualquier elección es espiritual y está más allá de nuestra opinión. Creo que tiene que ver con el karma de la pareja. Te pondré otro ejemplo. Durante mucho tiempo había sentido que el matrimonio concertado por mis padres nunca se materializaría. Lo sentía así, y estaba tranquila. Tatanji también lo intuía, pero nunca lo mencionó ni me aconsejó nada al respecto. —Shanti dejó de hablar y me miró a los ojos. Luego continuó—: Contigo, me siento en mi lugar.

Sus palabras salieron del corazón, estaba seguro.

—Por mi parte, sin embargo, entendí que tenía que encontrarte aquí, porque solo aquí era el momento y el lugar para que todo esto sucediera —le respondí—. Siempre he estado confundido en el amor. He amado, he cometido errores, pero ¿cómo no vas a cometerlos si amas? Somos seres humanos y siempre aprendemos, incluso en el amor aprendemos. Desde que te vi el primer día, todo se ha aclarado y ahora todo tiene sentido. Se necesita coraje para amar y abandonarse a uno mismo, pero el amor es una llama que te purifica y te quema en sus tormentos.

—¿No tienes miedo de que mi amor te queme? —me preguntó.

—No quiero nada más.

—Vamos a quemarnos, entonces —exclamó.

Nos abrazamos y besamos como para consolidar las palabras que acabábamos de decir y darles sentido.

Oculta en sus profundidades estaba la energía de un huracán, lista para explotar en toda su intensidad.

Pasaron unos instantes y se confirmó mi pensamiento.

—Dentro de mí siento el fuego de la pasión. Me alimenta, me transforma. Es un amor que no quiere barreras.

—¿Cómo puedes estar segura de que esto es amor y no solo deseo? —le pregunté.

—Amarse toca el corazón, lo envuelve. Cuando amas, entras en lo más profundo del alma, en sus entrañas, en sus rincones más desconocidos y protegidos. El corazón se enciende. El que ama es fuego vivo.

Permanecimos abrazados en silencio, escuchando los sonidos de la ciudad. Unos minutos después, Shanti se levantó y se acercó a la ventana.

—Volviendo al último discurso —retomó—, ¿sabes la diferencia entre oler un mango y comerlo?

—Por supuesto.

—Bueno, pues por eso estoy segura de que lo nuestro es amor.

—¿Comparas el amor con un mango?

Se rio.

—No, es una metáfora. Puedo decirte lo bueno que es el mango, fragante, jugoso y dulce, pero solo comiéndotelo lo conoces realmente. Del mismo modo, ahora vivo con amor.

—Yo, en cambio, vivo de tu aliento —le dije.

—¿Qué quieres decir?

—Mi amor por ti es como el aliento, estás dentro de mí, estás en todas partes en mí. Quiero respirarte a cada momento. Me gustaría vivirte así. Aquí, solo esto.

Vi que se le enrojecían los ojos, y entonces se echó a llorar. Aquellas gotitas hechas de agua y sal corrían por su rostro. Gotas similares al rocío de la mañana, que se deslizan imperturbables sobre los pétalos de loto.

—Creo que es la mejor declaración que he oído nunca —dijo en voz baja.

Se acercó y nos besamos con dulzura.

—Es tan hermoso... —susurró.

Me besó de nuevo, pero con más intensidad. Luego, retrocedió un poco. Con los dedos se tocó levemente los labios, como para confirmarse a sí misma que el gesto que acababa de hacer era real.

Me abrazó, me miró a los ojos y sonrió.

Su corazón latía con fuerza contra mi pecho y su respiración estaba en armonía con la mía. No podría oír nada más hermoso. Estar así, uno al lado del otro, en un solo latido, un solo aliento y una sola alma.

Todo lo que quería era amarla. ¿Es posible rechazar un deseo tan grande del corazón?

De repente, Shanti interrumpió mis pensamientos.

—Aquello que siento, sin embargo, no quisiera que se convirtiera en dependencia. No quiero ser ni necesaria ni indispensable, simplemente quiero un amor puro, sin ataduras, que no consuma mi corazón sino que lo nutra —dijo en voz baja—. Si crees que me amas, abraza cada parte de mí, incluso las oscuras, y llénalas de luz.

Esperé un momento y luego me armé de valor.

—En este momento tengo un solo propósito: entregarme a ti sin perderme y amarte sin sufrir. Esa es la única manera de saber que nadie nos pertenece. Sé feliz por lo que eres sin pretender nada. No es fácil, pero podemos intentarlo.

—Los dos tenemos que crecer. Todos los días, durante el tiempo que sea necesario, y puede que nunca termine.

—¿En qué necesitamos crecer?

—En el amor, que quiere nutrirse de pequeñas y grandes atenciones. El amor es convertir pequeñas semillas en hermosas flores. Amar es florecer: ¿qué podría ser más hermoso?

Observé la luz que entraba por la ventana y por unos momentos reflexioné sobre sus palabras. Todo lo que había dicho era cierto. Sentí que su manera de amar era profunda.

—Acéptame por lo que soy y yo haré lo mismo —dijo.

—Sí.

Nuestras diferencias encajaban en un ajuste perfecto. Me acerqué a ella.

—Me gustaría mirarme al espejo, sabiendo que lo que estoy observando es un hombre dispuesto a amar. Eres capaz de mostrarme lo que está escondido en mí, eres capaz de sacarlo a la superficie y hacer que lo abrace —concluí.

—Hace tiempo tenía curiosidad por saber si había alguien parecido a mí, parecido en la forma de ser y de amar. Se lo pregunté a Tatanji. «Cada cabeza tiene su forma de pensar, así como cada corazón tiene su forma de amar. No podemos enseñar a otros cómo hacerlo, ni cuánto amar. Solo nos queda esperar que sea como siempre lo hemos querido. Si pasa, lo sabrás, tranquila —me respondió—. El alma gemela te da la bienvenida totalmente. Te sacude, te muestra tus barreras. Reconoce tu fuerza, tu luz, y te ayuda a difundirla.

»Está a tu lado en los momentos difíciles y aún queda el tiempo necesario para tu comprensión y evolución. Puede ser un día, un mes, un año o toda la vida. Ten paciencia, todo tiene su tiempo, como las estaciones tienen el suyo». Me di cuenta en ese instante de que un día te encontraría.

Pasó el tiempo y nos dimos cuenta de que era hora de levantarse, refrescarse y practicar algunos ejercicios. Después de una hora más o menos, salimos del hotel para dirigirnos al *ashram*. No hablamos. En el camino nos detuvimos a desayunar. Después de beber un poco de *lassi* y comer algo de fruta fresca, Shanti rompió nuestra pausa silenciosa.

—He hecho una elección y tomado una decisión.

Permanecimos unos instantes mirándonos fijamente.

—¿Acerca de? —le pregunté.

—Iré contigo.

—¿Disculpa?

—Lo has entendido bien. Iré contigo a Italia.

—¡Pero eso es maravilloso! —exclamé—. ¿Y a Tatanji, qué le dirás?

—La verdad. Lo veremos en breve y estarás a mi lado mientras lo hago.

—Por supuesto.

No cabía en mi piel. Ella también era eso: impredecible. Hasta el día anterior, estaba seguro de que volvería a reunirme con ella en la India lo antes posible, después de dos o tres meses, aunque en mi corazón esperaba que viniera a Italia, tal vez después de unas pocas semanas.

Ahora el sueño se había hecho realidad.

Tuve que trabajar mucho en mis sentimientos. Estaba feliz y eso también significaba lo contrario: si había algún problema en el último minuto, me rompería el corazón. Sin embargo, Sanjay y Tatanji me habían enseñado que solo ahora es el instante en el que uno vive, así que decidí ser aún más feliz, independientemente de lo que sucediera.

Llegamos al *ashram*. Tatanji nos esperaba y, después de intercambiar saludos, nos indicó que nos sentáramos a su lado. Permanecimos en presencia silenciosa durante unos minutos.

—Shanti, ¿tienes algo que decirme? —preguntó por fin.

Ella sonrió; estaba lista y dispuesta a aclarar las cosas.

—Hoy he tomado una decisión importante —sentenció—. En los últimos días he reflexionado. Me hice varias preguntas y busqué respuestas. Muchas cosas han cambiado a mi alrededor en poco tiempo, como creo que ya sabes.

Tatanji asintió.

—Creo que ha llegado el momento de dejar el *ashram* y la India —concluyó con voz débil.

Sus ojos estaban rojos y su respiración era dificultosa. Estaba luchando consigo misma para no llorar. Su gratitud hacia el maestro era tan infinita como la estima que le tenía.

Después de una breve pausa, recuperó el aliento y continuó:

—Estoy enamorada de Kripala y él de mí.

Dejé de mirar a Tatanji para observarla a ella, que se volvió, e intercambiamos una leve sonrisa.

Tatanji intuyó el estado emocional de Shanti y se hizo cargo del asunto.

—Estoy feliz por ti, por vosotros, feliz por la decisión que has tomado. Sabía que tarde o temprano nuestro karma compartido llegaría a su fin, y con razón. —Luego se volvió hacia mí—: Ayer, gracias a Sundari, entendiste por qué todo tiene su tiempo.

—Y gracias a ti también —respondí—. Todo cambia, todo evoluciona.

Tatanji asintió; luego su rostro se puso serio. Cerró los ojos, permaneció en silencio por unos momentos, los volvió a abrir y dirigió la mirada hacia mí.

—Kripala, ¿alguna vez has visitado algún museo y observado algunas pinturas famosas?

—Sí, en Ámsterdam, París y otras ciudades.

—Cuando estás frente a un cuadro, solo te atrae si te puede hacer sentir algo. No importa si es hermoso o no comparado con los demás, debe transmitirte algo que ya tienes, algo que ya está en ti y que, a su vista, se despierta. Lo mismo sucede cuando amas. Shanti ha despertado tu amor y tú se lo has despertado a ella. Solo a través de los demás podemos reflexionar y reconocernos verdaderamente por lo que somos.

Tatanji se volvió hacia ella y Shanti asintió. Luego volvió a mirarnos a ambos y continuó:

—Siempre ha habido un gran misterio en el amor. Desde el principio, en cualquier tiempo y lugar, siempre hemos creído que tener amor para dar es amar. Pero el amor nunca ha existido en el verbo tener ni existirá jamás. El amor existe solo en el verbo *ser*. Únicamente podemos ser el amor que somos. Amar es ser amor. Entonces podemos darlo sin ofrecerlo y recibirlo sin pedirlo. Porque somos sin tener. Este tipo de amor es el puro e incondicional.

Hubo un largo silencio. Sus palabras habían captado mi atención por completo.

—Estás en esta Tierra para amar y abrirte al infinito —continuó Tatanji—, para aceptar y comprender la diferencia entre ser y no ser. Amándote a ti mismo entenderás cómo amar a los demás.

—¿Ser o no ser?

—Sí, exactamente. Ser o no ser: en estas palabras hay prisión o liberación. Alimentar el amor por uno mismo alimenta el amor por los demás. El amor propio no es egocéntrico, es desinteresado. Amarte a ti mismo significa respetarte a ti mismo. Si te amas, puedes amar a tu prójimo. Si no te amas, ¿cómo puedes pretender amar a otra persona? Llénate de amor y todo problema se desvanecerá.

—¿Debo amarme a mí mismo para amar a Shanti?

—Nacimos solos y moriremos solos, esta es la realidad, y para una vida bien vivida tiene que haber amor.

Amor por uno mismo y por los demás. Uno no puede existir sin el otro, habría una parte de nosotros aún no madura si ese fuera el caso. El amor humano tiene tanto sus cimas como sus abismos. Puede tocar rápidamente el cielo o el infierno. Puede alcanzar las cumbres más altas de la felicidad así como los sufrimientos más intensos del corazón. Cuando amas vives entre estos dos extremos. El dolor surge del tener, pero el amor no es posesión. El verdadero amor es preferir la felicidad del amado a la propia. En el amor infinito se encuentra la alegría infinita. Eso es el amor incondicional.

Reflexionamos en silencio sobre lo que había dicho Tatanji.

—Has hablado de amor incondicional. ¿Puedes explicarte mejor? —le pedí.

—Cuando llegaste aquí, Kripala, me dijiste que tu última relación fue la más grande e intensa de todas y que nunca amarías tanto y, tal vez, ni siquiera serías capaz de amar de nuevo. ¿Tengo razón?

—Sí, completamente.

—El amor muere cuando está mal alimentado, muchas veces olvidado o herido. Como un jardín descuidado, las flores desaparecen entre la maleza. Así, si no se nutre, el amor tiende a marchitarse, a aislarse, a protegerse. Aun así, observa. Cada vez que tu corazón sangra y sufre por amor, cuando sana es más grande. Puede que no lo parezca, pero en realidad está listo para albergar más amor que antes. El amor que buscas está escondido en lo profundo de tu alma. Comprende cómo todo es una manifestación de la Conciencia Infinita y date cuenta de ello. Tu búsqueda de la forma es solo una ilusión.

—¿Qué quieres decir?

—Si al amar has sufrido, la elección fue tuya: es del amor humano de lo que hablamos. El amor agradecido es amor verdadero. No quiere nada, no posee nada, es feliz solo de poder amar. Se extiende por todas partes, no conoce fronteras ya que nada lo detiene.

—Amar más allá de la forma física. —Lo había entendido.

—El amor condicionado es un vínculo que se crea en el placer de recibir y dar amor y es algo puramente transitorio. Cuando esto sucede, se crea un vínculo entre corazón y corazón. La felicidad que sigue es fugaz y, cuando el vínculo se rompe, trae sufrimiento. En verdad buscamos la alegría que está más allá de la apariencia y que, al no tener ataduras, nunca crea dolor. El verdadero amor surge en ausencia de forma, nace del alma y está más allá de la mente. Así como la abeja se siente atraída por los colores de las flores, pero es el néctar de lo que se alimenta, del mismo modo nosotros nos sentimos atraídos por las formas del amor, pero es del amor mismo de lo que nos alimentamos.

Nos quedamos en silencio durante unos momentos.

—Ama su alma, y ni siquiera la muerte os podrá separar —instó—. Así fue, así es y así será. El amor se nutre de amar. No tenemos que hacer nada, solo bajar las barreras que lo retienen. Cuantos menos obstáculos se interpongan entre vosotros, más profunda será la relación. Y por eso lo más importante es sentir. Una relación de amor debe ser entendida y desarrollada. Crea gratitud mutua: cuanto más tengas, más amor esparcirás.

»Trabajad los problemas de uno en uno y recordad siempre el progreso que habéis hecho juntos. Enfocaos en las soluciones, no en los errores. El error es el que era, la solución es lo que es ahora. No os analicéis demasiado, pero tratad de sentiros mucho. Esforzaos por elevar vuestra empatía; cuanto menos ego desarrolléis, más profunda será la relación. El ego es parte de nosotros, pero podemos elegir cómo vivirlo y con qué llenarlo. Vivid el momento y buscad siempre vuestros aspectos positivos.

»Compartid vuestros estados de ánimo sin señalaros con el dedo. Decíos el uno al otro lo que está mal y, sobre todo, decíos a menudo lo que os gusta. En vuestras discusiones, observad la actitud que las desencadenó sin afectar al amor que sentís el uno por el otro. Si hay respeto mutuo, la acción se puede cambiar y corregir. Perdonaos siempre a vosotros mismos. Perdonar es soltar el pasado y deshacerse del ego frustrado y desilusionado. Y acordaos: no mendiguéis ser amados, sino amaos sin reservas, ya que el amor no pide otra cosa que amar.

Comprendí que esta era la última revelación, la más importante. Tatanji había sido un maestro tejedor con nosotros. Había tejido los hilos dispersos de nuestros corazones con gracia y sabiduría, transformándolos rápidamente en un espléndido tapiz.

Al cabo de unos instantes se levantó, se despidió de nosotros con un *namasté* y subió a su habitación.

Shanti y yo decidimos salir y, después de una buena media hora de caminata, nos dirigimos a una zona antigua y menos frecuentada. Había un silencio místico en todas partes.

Nos detuvimos cerca de una escalera que conducía a la entrada de un pequeño templo. El lugar estaba aislado y no había un alma. Agradecí mentalmente al universo todo lo que me estaba pasando.

Shanti me apretó la mano y me trajo de regreso.

—Al amar, no es nuestra tarea adaptarnos unos a otros, sino ser capaces de aceptar nuestras diferencias individuales, recorriendo juntos el mismo camino. Al amarme, te verás a ti mismo. Al amarte, me conoceré a mí misma.

Le respondí, diciéndole lo que sentía en mi corazón:

—Eres lo que me completa pero también mi opuesto. Quiero respetarte y dejarte la libertad de ser, ya que el verdadero amor solo reside en la libertad.

Shanti me miró fijamente.

—Se necesita mucho coraje para amar. ¿Tienes coraje, Kripala?

—Sí, ahora tengo coraje —exclamé—. Amar es perder el equilibrio y finalmente encontrarse a uno mismo.

—Reencontrarse a uno mismo abandonándose al amor —subrayó—. ¿Recuerdas los aviones de papel que hacíamos cuando éramos pequeños? Cuando los tirabas, no sabías dónde podían caer. Preparabas el tiro imaginando la trayectoria, luego lanzabas. Con una curva impredecible, flotaban solos en una dirección y luego se deslizaban hacia un lugar completamente diferente. Esto es lo que entiendo sobre perder el equilibrio. Abandonarse a volar libre sin un objetivo preciso, libre de ser tú mismo. Libre para amar.

—Espero pasar el examen de vuelo, entonces.

Sonrió, y no había nada más hermoso que verla sonreír levemente.

—Me gusta verte así.

—Gracias, también a mí me pasa lo mismo. Sabes hacerme reír y tu bondad me conquista, no conozco otra manera de tocar mi corazón. Quien sabe sonreír abre las puertas del alma. Recuerdo que Tatanji decía que, según una antigua leyenda india, cuando un ser humano se ríe de forma pura, todos los seres invisibles de los alrededores acuden a verlo. Porque es con la risa como se manifiesta el alma. Y por eso es bueno estar rodeado de personas que se ríen. Tienen el entusiasmo de la vida en ellos.

—Estoy de acuerdo.

Solo quería amarla, no podía controlar mis sentimientos y ni siquiera quería reprimirlos. Quizá la forma de amarme a mí mismo no era suficiente para desearla con toda la intensidad que yo quería.

Finalizó su discurso con una frase de Tatanji:

—«En la risa, cualquier barrera mental se derrumba. La risa es una cuchilla afilada que fragmenta el ego».

—¿Cuál es el secreto del amor incondicional del que hablaba Tatanji?

—El amor incondicional no quiere condiciones. El amor es infinito: ¿cómo podrías encerrarlo en un corazón humano? El secreto es que cuanto más amor eres, más evolucionará en ti. La alegría está en ser. Es fácil enamorarse del aroma de una rosa; más difícil es aceptar también sus espinas y raíces. Amar incondicionalmente significa acogerlo todo.

—Lo intentaré. De hecho, lo seré. Incluso el amor humano, cuando lo vives al máximo, es inmenso.

—El amor es una locura —continuó ella—. Amar es olvidar las reglas de la lógica para vivir de la locura y la pasión. El corazón late en las venas, en la cabeza, en el estómago, en cada célula. El amor es seguir el corazón a todas partes y vivir de la poesía que vuela por encima de las nubes. Enamorarse es una hermosa locura.

—Quisiera que mi amor nunca te bastase y quisiera mostrarte lo extraordinaria y luminosa que es tu alma —le dije.

Me observó en silencio, se quitó la armadura que la protegía y se reveló en toda su vulnerabilidad. Me besó con toda la intensidad que su corazón podía expresar y me abrazó como nunca antes lo había hecho. En ese instante infinito me di cuenta de que no solo besaba mi piel, sino que sabía besar también mi alma.

Tocó delicadamente partes de mí que nadie sabía cómo tocar. Quien logre hacer esto debe tener un alma extremadamente sensible. En ese momento perfecto, me di cuenta de que nada ni nadie me separaría de ella. La deseaba con todo mi ser.

—¿Cómo lo haces? —pregunté—. ¿Cómo consigues hacerme sentir de esta manera? Es como si conocieras las profundidades más íntimas de mi ser.

—Mi sensibilidad es mi don y mi cruz. Aquello que para muchos está prohibido, a mí se me permite sentirlo. Siento las sombras del alma y veo sus colores. Me maravillo ante una flor silvestre y lloro frente al mar. Veo cicatrices en los corazones y lágrimas ocultas en las sonrisas. Siento alegrías y placeres, dolores y sufrimientos. Este es mi don, esta es mi cruz.

No pensaba que se pudiera amar tanto a un alma compleja y sencilla como la de ella, pero era imposible no hacerlo. Ella me había enseñado a ser en vez de aparentar, simplemente dejándose querer, hablando y riéndose hasta de nada.

Ya era noche cerrada cuando decidimos volver. De regreso paramos a comer algo de fruta en un pequeño puesto que aún permanecía abierto.

Tan pronto como llegamos al *ashram*, nos sentamos en los escalones exteriores. Faltaban unas horas para el amanecer y debíamos levantarnos temprano para ir al aeropuerto. Sin embargo, seguíamos allí más despiertos que nunca, pero era agradable permanecer así, un poco más.

Shanti apoyó la cabeza en mi hombro.

—Vine al mundo sola y me iré sola. Me gustaría compartir mi viaje contigo. No detrás para seguirte, ni delante para precederte, sino al lado, para apoyarnos el uno en el otro. Sin ti sigo siendo yo misma, y tú sin mí sigues siendo tú mismo, pero juntos somos algo nuevo. Así que tomemos el camino que nos ha sido asignado. Si es el destino, seguiremos uno al lado del otro; si no, habremos compartido una parte de la vida.

—Lo que quiero es estar cerca de ti —le dije—. ¿Qué son los tesoros del mundo entero? Nada comparado con lo que siento por ti. Un abrazo tuyo, una sonrisa tuya y mi corazón cae de rodillas.

—La aceptación sin compromiso es la base de nuestro crecimiento. Tomar conciencia de lo que somos y del amor que podemos ser.

Nos deseamos buenas noches y nos fuimos a dormir.

Epílogo

Por la mañana temprano, Tatanji nos esperaba pacientemente en la puerta.

—¿Listos para partir?

—Sí —respondí.

Con la mirada amorosa de un padre, Tatanji quiso compartir un último pensamiento:

—Cuando desarrollas una relación de amor, si quieres vivirla, si quieres respetarla, haz que parezca una sinfonía musical. Cread el espacio necesario entre vosotros como se crea entre las notas. No estéis demasiado cerca como para cansaros ni demasiado lejos como para perderos. Escuchad vuestra música juntos, pero que cada uno toque sus propias notas. Aseguraos de que vuestra relación pueda vivir en movimiento, que se pueda nutrir y no absorber, que se pueda elevar y no reprimir, que se pueda acoger y no encarcelar.

Shanti lo abrazó, y él le devolvió el abrazo. Se quedaron así por unos instantes; luego se despidió de nosotros con un gran *namasté*. El último.

Sentí en mi corazón que sus lecciones no habían terminado: volvería a verlo más adelante, estaba seguro.

Caminamos por la avenida principal.

Antes de doblar la esquina, me di la vuelta para despedirme por última vez. En ese instante, como un espejismo, vi fluir sobre su rostro, en un armonioso devenir, todo el conjunto de sonrisas, decepciones, amarguras, el bien y el mal, las alegrías y las penas que habían formado parte de mí durante esos días...

Comprendí que cada ser está conectado con el otro y que cada encuentro había sido en realidad un encuentro conmigo mismo. Comprendí que la Conciencia Infinita está dentro y fuera de todo.

Todo es uno.